每个人的故乡
都是宇宙中心

许石林 著

海天出版社

·深圳·

图书在版编目（CIP）数据

每个人的故乡都是宇宙中心 / 许石林著 . — 深圳 ：
海天出版社，2019.7(2019.8 重印)
ISBN 978-7-5507-2654-3

Ⅰ．①每… Ⅱ．①许… Ⅲ．①散文集－中国－当代
Ⅳ．① I267

中国版本图书馆 CIP 数据核字 (2019) 第 084818 号

每个人的故乡都是宇宙中心
MEIGEREN DE GUXIANG DOUSHI YUZHOU ZHONGXIN

 深圳出版发行集团
海 天 出 版 社

出 品 人：聂雄前
责任编辑：简　洁
责任校对：万妮霞
责任技编：梁立新
封面绘画：宋玉明
封面设计：周　彧

出版发行：海天出版社
地　　址：深圳市彩田南路海天综合大厦（518033）
网　　址：www.htph.com.cn
订购电话：0755-83460293（批发）　83460397（邮购）
设计制作：深圳市书都出版有限公司
印　　刷：深圳市华信图文印务有限公司
开　　本：889mm×1194mm　1/32
印　　张：7.25
字　　数：130 千
版　　次：2019 年 7 月第 1 版
印　　次：2019 年 8 月第 2 次
定　　价：39.80 元

序

故乡是你心中的那只陶罐

所有离开故乡的人，最应该抱愧的就是自己的故乡。

我是离开故乡很多年后，才意识到这一点的。

意识到这一点，我的抱愧之中，甚至伴随着某种惶恐和不安。

多年来，站在别处回望故乡，越回望，这种感觉越深重。

于是，我写故乡的文字渐渐多了起来。

每一位作家，其实都有一个写不完的故乡：沈从文写湘西、老舍写北京、汪曾祺写高邮、陆文夫写苏州、陈忠实写白鹿原、贾平凹写商洛、毕飞宇写里下河、鲍尔吉·原野写内蒙古……

甚至可以说，你看一位作者一生写了那么多东西，最后会发现，他写的还是自己的故乡。

再从前的人，读书仕进，无论前程远近，不论显赫还是落魄，最终会回到自己的故乡。所谓的根，既扎得深，也不会断。辅政于朝，尽忠于国；至年老告还，优居林下；或中途阻沮，退而返乡，则必施教化民；或有余力，则整理地方国故，编修地方文献、志书，续衍故乡文脉，接引故乡后辈。如蒲城周爱谞太史，于神州陆沉之际，杜门绝游，整理《蒲城文献征录》，使故乡文明藏于名山，实在是光耀千古的事业。

更可贵者，前辈读书人做这些事，丝毫不勉强，不艰难劳苦。真是"君子在困则有以处困，在蹇则有以处蹇"，行乎富贵、行乎贫贱，乐天达观、顺天知命。至今能听年长者说地方前代闻人的故事，哪怕没有见过，仅凭描述，感觉音容乃至体温，如在眼前。

我常常想，如果从前的读书人像现在一样，以离开故乡为荣、以飞得越远越好为人生努力的方向，则我们每个人的故乡，都不会有现在如此丰厚的文化遗存。

有感于此，我曾经写过一篇文字，将现代教育比喻为"无土栽培"。

所谓"无土"，即对人的本土教育缺失。一个人，除了从生活中自然感受、沾染到一些本土的风土人情、文化礼俗等之外，基本上在学校教育和社会教育中，不涉及本土的点滴。从前还有学农活动，我至今记得我种棉花的动作还得到过老师的表扬。而现在，连这都没有了。

就是说，今天的人对故乡的认知，全靠天性的慧根和后天的环境熏染。

我对自己故乡的认知，就是在离开故乡之后，才渐渐加重的。

故乡，不是一个人愿意不愿意离开的问题，而是你根本离不开。你哪怕因为个人的遭际而抱怨故乡，这恰恰正是一种离不开。

多年来，每感浮生劬劳，工作和生活感到需要调整一下，我的做法几乎只有一种：回到家乡。哪怕只是在关中道上匆匆乘车穿过，也仿佛获得了某种身心的安全感，又补充了生命的能量一样。有一次和演员斯琴高娃女士同桌吃饭，她说，她每到外地去拍戏，坐在车上，远远地看见有一群牛羊路过，或者是路过农村的牛羊圈，她就赶紧让司机把车窗摇下来，她要闻闻牛羊和牛羊粪便的味道——说到这儿，斯琴高娃用她演员的表情，头高扬，很神往的样子，柔和的双目微笑着闭上，摇着头，双手握拳顶住下巴，无比享受地说："啊！那个味道，实在是太美妙了！"

同桌的人都笑了，我很理解她的感觉。

我在不知不觉中，完全是没有策划、无意识地，写了许多有关故乡陕西关中东府渭南地区的文字。

真是没想到！

我写故乡的文字多了，引起了读者的注意。有一次评论某地的对待传统风俗的做法不当，言辞激切，被当地朋友抱怨：您写自己的家乡，总是那么美，什么都好，批评外地怎么就不能平和一些？

我写故乡的文字多了，上海大学的汪洋教授开玩笑也不乏认真地说：许老师的家乡就是宇宙中心。

日本俳句名家小林一茶最出名的俳句是："故乡呀，挨着碰着，都是带刺的花。"这正是道尽了写作者心中的故乡：花与刺的存在。

而我所写的有关故乡的文字，常常让我想起家乡的博物馆展柜里的上古陶罐：那破损的陶罐，哪怕只剩下不多的陶片，也会在文物修复者手里被修复完整。于是你看到修复后的陶罐，原初的残片与后来修补部分的完美而斑驳地吻合，那经过修补的完整陶罐里，盛储着故乡自远古以来所有的信息和韵味。

我写东西，常常从这个陶罐中提取一滴水，仅一滴，就能将现实中所遇到的不解，慢慢地溶化……

2019 年 2 月 27 日于深圳

目录

风土

003/ 葱

007/ 柰

010/ 茄子

013/ 苦菜

016/ 茵陈

019/ 春草

024/ "再不到武家坡前去把那菜来剜!"

027/ 柏

031/ 荔枝之痛

035/ 奉化芋艿头

039/ 一麦相承

044/ 从麦子说起

礼俗

049/ 婚礼，旧式有礼，新式有戏

055/ 关中男女不同席

060/ 抄碗子

065/ 送粽子

068/ "吃破户儿"

073/ 吃相

078/ 《白鹿原》你又吃错了面？

082/ 所谓文化，就是一碗腊八面

086/ 还奢谈什么年味儿！

090/ 你自己的年味儿为什么向别人要？

094/ 过年与亲戚相处，如何能皆大欢喜？

097/ 对联三话

102/ 鹣蚕儿

109/ 对联旧了、福字破了，如何将"福"撕掉
却没有心理负担？

114/ 清明节咱不用再讨论该不该祭祖了好不好？

118/ "祖宗虽远，祭祀不可不诚"
——兼议网络祭祀

122/ 女性上坟，正是"礼从宜"

127/ 放饭

130/ 六十四杠

132/ 幺婆子

136/ 骂天止雨

人情

141/ 最好的风水是人品

144/ 不轻易更置老屋（外二则）

147/ 陕西人为什么不会说谢谢你

152/ 收藏不识字的文化老人

157/ 今天我们该怎样尊敬老人

160/ 懂得旧礼俗中的温暖且能随喜同喜的人，
     是智慧而吉祥的人

168/ 没文化了，人与人的关系很容易打死结
     ——从杭州女子携骨灰盒打的被拒载说起

173/ 在今天如何当长辈
     ——从两个字说起

177/ 吾道自足，何事旁求

181/ 运八法以施教，秉一心而继绝
——观姚安民先生书法弁言

184/ 思无邪，道中庸
——何应林先生书画艺术展弁言

187/ 想起华阴王弘撰先生

190/ 戊戌年清明笔记

194/ 胡云太史无嗣耶
——重印《蒲城文献征录》弁言

196/ 回首故乡

201/ 为什么说故乡是带刺的花?
——有关《故乡是带刺的花》

209/ 孝子可不可以在丧礼上演唱?

215/ 跋 城市有病，故乡有药

风土

葱

我对葱有感情。

"一国之政观于酒,一家之政观于廇。"在日子最穷困的少时,记忆中也有葱、韭、蒜吃,而葱尤为常见。

通常说葱、韭、薤、蒜——薤是什么,今天的老家人多没见过,见了也不认识。

没有麦面馍,干硬的谷面、糜子面馍,要是能夹上一筷子葱花,也是美味。

有一年在自留地种了很多葱,老家把挖葱叫出葱、起葱,我在已经起过葱的地里,还挖出了许多断葱。

看过一张动人的照片:风雪中,一位中年男子头顶着棉被,怀里护着孩子,双目焦灼地在市场卖葱。我一直忘不了这个画面,这就是我小时候每年冬天都能在集市上看到的情景。

老家的葱,多是大葱。冬天买一捆,拆开晾晒,再靠墙摆放,随吃随取,或者用干土埋住葱根,能长时间保持新鲜。还有一种割葱，是大约在春末夏初，从根部以上像割韭菜一样割下来的小葱，别处我没见过。

旧籍上说有一种格葱，又名隔葱、鹿耳葱，野生，久食益胆气、强志。我没有见过。

生葱不可与蜂蜜同食。一般人大概不会有这种怪异的嗜好，把这两样东西一起食用。又说烧葱若与蜂蜜同食，会拥气而死。对中医的这种说法如何理解？你不能说你试过，将两样东西一起吃了，没死，你就不信。中医说的是食物之性，借药性说理，没有说剂量，为的是让人知之，并不是说这样可以杀人。中医有六不治，"骄恣不论于理，一不治"，我看这第一条就能刷下去当今世上绝大多数人。现在的人，普遍"但务卑近而已"，就是自己现在的水平能接受的，就认为是对的；超出自己现有认知水平的，全都是错的，且不应该存在。

秦腔《杀狗劝妻》：曹庄的妻子焦氏在家虐待婆婆，曹庄打柴回来，强压怒火，呼唤焦氏出来问话。焦氏出场，边走边咬着馍，一手举着一根大葱——陕西人说掂着一根生葱，出场念白："哎呀呀，这是从何说起，今天打了那个老害货，把我打得有些饥了，拿了个馍正吃呢，这谁可叫呢？"——生葱就馍，是陕西人的一种普遍吃法，跟山东人煎饼卷大葱一样。有人喜欢将葱切碎，放醋盐酱油，用以佐粥就馍。

可能是天气的原因，在老家吃生葱，之后嘴里没味儿。在南方就不行，吃了生葱，嘴里会有味儿，比吃生蒜略好一些。

老家吃葱，除了炒葱花，做别的也喜欢放葱，葱不只是一种蔬菜，更是一种调料。以至于以葱花命名，炒别的用于吃饭、面条，也叫葱花。在陕西，把外地人说的浇头、卤子，统称葱花。

种葱，老家称栽葱。见人栽种大葱，想起教育晚辈、教导生徒之事——有人说：你怎么老说这不好那不好，明明他们已经很好了……

你有没有发现，人只要有父兄、师父、尊长在，你做事在他们嘴里永远就没好过，很难得到长辈的夸赞。

想想，你每见师尊、见高僧，与之倾谈，事后一回味：我怎么又错了！是不是？

对你诚意、对你负责、希望你更好的人，都这么说话。

季康子问政于孔子曰："如杀无道，以就有道，何如？"孔子对曰："子为政，焉用杀？子欲善，而民善矣……"

说实话，季康子"杀无道，以就有道"，已经很好很好了，但夫子若称赞他，就是不指望他再上进了。所以，他已经很好了，可他一旦自己也认为自己已经很好了，那些希望他更好的人，就应该给他提更高的要求。

王安石变法，苏氏父子反对，苏洵写《辨奸论》刺之、苏轼写《商君论》斥之，得罪了王安石。及王安石败，司马光执政，悉废新法复旧法，苏轼又言王安石之法未必尽恶，当择其善而用之，又得罪了司马光……东坡，真伟人也！秉持中庸，诚所谓"一肚子不合时宜"，不惜以功名前程作抵押。

就是这样，真儒者永远是"一肚子不合时宜"。

世道常阙，非倚则偏，概天下无无流弊之政、无无流弊之事，故善为之者，纠偏除弊而已矣。纠偏必就于正，正者可道也，亦非常道也，故持中庸者，恒不合时宜矣。

见过农村人种大葱吗？挖沟栽葱，葱白每长出一截，就用土将其掩埋，叫围（也叫淤）土，一遍一遍地围上去，原先的深沟变成垄丘，最后葱白会越长越高。

而不围土的葱，产量低且易死棵腐烂。

世人多悦人谄媚，不喜谏诤指教。俗话说：天下没有无缘无故的爱。世上所有的赞美，背后不是有着生意，就是藏着算计。清宫太监吴良辅对某亲王说：我手里要不捏着点银票儿，往后哪个畜牲肯上赶着冲我摇尾巴呀！

世事人心，非倚则偏，今人却常指责秉持中正者为偏；偷私盈腔、昏昧怯懦者，却常常指责直言切谏者为激。

一声叹息。

2018 年 11 月 22 日

柰

　　我给几位朋友的孩子用邮件的方式讲解《千字文》，讲到"果珍李柰，菜重芥姜"这一句，我说这句话的意思不是说一切水果中最好的是李子柰子、菜蔬中最好的是芥菜生姜，用现代人动不动称王称霸的思维理解它，就错了。编撰《千字文》的周兴嗣老师受制于一千个不重复的散字，只取其中的这四个字，代表了地上所生产的所有果蔬，并无评比和取舍的意思。我们应当理解为像柰、姜这样的果菜是上天给人的恩赐，这句话是人对上天、大自然的感恩与赞美——这样解释可以吗？在这里诚挚地向方家求教。

　　柰，音"耐"。是一种小苹果，也叫沙果。我老家叫林檎。但是元代人贾铭把我搞糊涂了。他在《饮食须知》中把柰和林檎区分开来："柰子味苦甘酸涩，性寒、微毒。多食令人肺寒膀胀，凡病人食之尤甚。""林檎味甘酸，性温，俗名花红，多食令人百脉弱。"

不过贾铭的文字有个作用，就是能证明奈子不是水果中最好的，所以"果珍李奈"不是说一切水果中最好的是李子奈子。

我们那里人不喜欢吃李子，也很少见。嫁接在梅子树上的李子叫梅李，这种东西更不能多吃。有句话："桃饱杏伤人，梅子树下埋死人。"就是说梅李子不能多吃。桃饱——桃子可以多吃、吃饱。每当桃子熟了的季节，去看望老年人，最好的礼物是几斤桃。我四姨种了几亩桃，我外婆去世后的那年，桃子结得很好，有一棵树上结的桃子尤其大而甜，我四姨留了几个大桃舍不得摘，最后不得不摘的时候，她流泪了，哽咽着对四姨父说："唉！要是我妈在……"

林檎，小时候见集市上有卖的，现在倒很少见了。偶尔在北方遇到，都酸涩得不得了。我小时候吃过这种东西，买回来放在井水里拔凉，脆甜。也会挑一两个颜色形状特别好看的，用红绳子拴了，挂在脖子上。

在呼和浩特、包头，见水果摊上有很多林檎，当地人把这叫"小果果"。买了点儿尝尝，味道也不脆甜。

林檎也叫沙果儿。沙果树的小叶子摘下来晒干，是可以当茶喝的。我没有喝过。秦腔丑角戏《看女》，王辅生老先生扮演的任柳氏对亲家说："亲家，你这儿喝的是香片，俺们那里喝的是沙果叶子！"——想象大约这种东西能败火。当然是民间、普通人家喝的野茶。我这么一说，您可别见了沙果叶子就采，以为很"绿色"呢。其实果树上用农药比茶树上多。

广州、深圳这种地方，似乎没有见过奈。奈应该是小品种水果，即水果中的少数、弱势。现在的水果生产，追求产量，使得品种趋向单一，什么好吃种什么，什么卖钱卖什么，慢慢地就品种单一了——逐利时代把什么都搞得不安全。应当从保护生物多样性的角度，给类似奈这种弱势水果以保护性种植。

指不定哪天，人又发现了奈的不可替代的好处呢！

2010 年 1 月 16 日

茄子

茄子、辣椒、西红柿是老家最常见的夏秋蔬菜，家家户户种，不稀罕。

茄子，多数是紫色椭圆形的，长茄子是在南方才见到的，至今不明白为什么南方把茄子叫茄瓜。北京人做烧茄子的大圆茄子，我们这儿少见。

广东人吃茄子，以茄子煲为主，我刚到广州上学，云亮师兄请我吃的第一顿饭，是在大学校园正门口对面的一家大排档，砂锅咸鱼茄子煲是第一次吃到的粤菜。除此之外，没见过粤菜怎样做茄子。近年来才见蒜茸蒸茄子这道菜，纯粹的粤菜做法。可见，食材的使用是不断变化和丰富的，但做法却是有宗旨的。所以我认为，所谓菜系，是一种宗旨或者说精神。

多年前在北京大兴的钧天坊学古琴，每天吃住在那里，伙食很好，印象最深的菜是炒茄丝，茄子切细丝，简单炒熟，油多一些，味道非常好。

我老家一般炒茄丁，不是那种太小的丁，是稍大的那种，加葱粒儿炒。做一锅热汤旗花面，将炒熟的茄丁调入汤面锅，加盐、酱、醋，非常美味。我跟南方人介绍这种做法，许多人第一次听说。

　　茄子切细丝，再改刀切成丁，用手使劲儿挤出水分，让茄丁呈干散状最好，再加小葱粒儿、花椒粉、生油，包素饺子。包前才加盐，以免早加盐使茄丁出水，包法讲究包成一个馅儿圆而大的形状，像圆形带花边的疙瘩，又叫茄子疙瘩——我估计读者看到这儿，那些吃过这个东西的人，会跟我一样咽一下口水。现在，蒲城县专门有店铺卖这种素食。我很奇怪，那些城市里的素食店，怎么不学着这样做素食。

　　我老家用茄子做包子馅儿，不放肉，非常软和好吃。如果能吃辣椒，加很辣的辣椒碎，味道就更好了。我家做这种素馅儿包子，深圳电视台的主持人王海东知道了，口水流得老长，专程开车到我楼下拿包子。

　　《红楼梦》里，刘姥姥在贾府吃了一道茄鲞，一点茄子味儿都没有，凤姐儿一介绍做法，把刘姥姥吓了一大跳：就这么个茄子，倒要十几只鸡来配！真是够奢侈的。不过也说明贾府的菜，不是讲究原汁原味的粤菜，贾府基本上不知道茄子是什么味道。

　　我家常做的是蒸茄子：茄子切成麻将大的块，上敷葱片，加指天椒丝、盐、油，隔水蒸熟，软烂如泥，非常好。

茄子气性大——无论是炒茄子还是蒸茄子,中途不能停火,蒸茄子不熟不能揭开锅盖,否则,茄子就"气死"了,再也炒不熟了。

前日在陕西澄城县看尧头窑遗址,晚上吃饭,有一道凉菜:凉拌茄干,茄子去皮晒干储存,食用前用水发泡,再蒸熟凉拌,味道非常好。酒楼经理介绍说,我们县领导特别叮嘱了:就要这样保持咱们的地方饮食,别小看这一道小菜,不要轻易丢弃咱们的特色,这就是咱们的饮食文化,别处没有,在外地工作的老乡,一回来吃到这个菜,能一下子唤醒记忆,比你说多少话都管用。

我觉得这个县的领导做得好,关注这简单普通的地方小菜,其实是大事,不是小事。西汉丞相吉丙,外出视察工作,穿过长安城,见街道上流氓斗殴打死人,不过问;到乡下见老牛喘气,急忙下车,很关切地询问,因为老牛喘气,关系到气候,气候关系到一年的农业收成,这是大事;而流氓斗殴打死人,自有长安地方负责治安的官员去管,这是小事儿。所谓宰相不亲小事。现在的人,多数分不清大小,常常弃大抓小。

2016 年 11 月 9 日

苦菜

节气至小满，夏天的感觉更加强烈了。"小满之日苦菜秀"，苦菜此时长得是最茂盛的，因此，小满吃苦菜。苦菜不单指一种，诸多味道苦的菜都算，如苦苣、蒲公英，连苋菜掐断，其味道也是苦苦的，所以苋菜也是应节气的蔬菜。

关中的苦菜，多是苦苣、蒲公英和苋菜。苋菜常常吃，其次是蒲公英。蒲公英可以生吃，尤其是开花的薹儿。但苦苣在老家没有吃过。可能是做起来太费事，要洗净、开水焯，去苦味，再加油盐、蒜泥、香醋等，像刘姥姥感叹大观园里的茄子："倒要十几只鸡来伺候它。"再说，到了小满这个季节，田地里各种菜多得根本吃不完，你到任何一家门口，见小菜畦，说要什么菜，主人必然跃然而起，欣然为你挖割拔取，生怕你拿得少了，你吃他家的菜，仿佛为他家减负一样，他简直要感谢你了。我的同学朱建斌，生性恬淡，当中学教师，最喜欢假日回关中老家居住，快到做饭时，起身到门口地里转悠一会儿，各种青菜就抓一把，再到后院鸡窝收几个鸡蛋，一顿饭就够了。每每说起这个，就认为这才是正常的生活。为此，我给他诵读欧阳修的《归田园四时乐春夏二首（其二）》："田家此乐知者谁，我独知之归不早。乞身当及强健时，顾我蹉跎已衰老。"

"采苦采苦，首阳之下。"（《诗经》）苦菜以其味道苦，不被人所喜，所以长得随处可见，只有在饥荒时，才会受重视，所谓"春风吹，苦菜长，漫山遍野是粮仓"。但是，饥荒年月，苦菜的吃法就只能是本色原味了，不可能有那么讲究的侍弄。饥荒一过，苦菜就自然又被人轻视了。人对饮食，往往就是这样忘恩负义式的、趋炎附势，对那些稀罕不常见的东西，倒捧为佳妙。记得唐德刚记胡适说，西洋参以前在北美是用来喂猪的，只有华人渐渐将其捧到了参的地位。

"麦稍黄，女看娘。"小满刚过，关中已婚妇女，会到娘家走一次，买点礼物，从前缺少粮食的时候，将一年来积攒的陈麦磨面，蒸几个白面馍，给娘家父母送去，是为看麦熟。因为接下来就要忙着收麦子了，同时也需要给娘家打招呼，看彼此需要不需要帮忙。等收了麦子，再用新麦磨面蒸更大的白面馍馍，给娘家送去，让娘家人尝尝新麦子的味道，是为送忙罢，也叫看麦罢。而娘家也会在端午节送粽子给女儿家。

十里不同俗，我们村五里以南，不送粽子，送烧饼坨坨，就是用新麦磨面，烙的很厚的锅盔，大得像打麦场上用来叉麦秸的木车轱辘一样，因此也叫"秸叉轱辘"。这在过去，都是很受欢迎的好东西。现在，不吃香了，人不稀罕了，风俗礼仪自然也就淡薄了。现在的人，多图省事，太务实，于风俗礼仪，以为迂阔，多轻慢荒疏，日子过得很没有意思，少了许多滋味。这样的日子过久了，物质再丰富，人与人终日相处交谈，言不及义，会导致风俗日益恶薄，凡是越务实的地方，人情越会变得凉薄。

　　我认为一个社会和一个家庭，就像人的身体，能七八成饱是最佳状态，切不可十分饱胀，应该留下两三分空间，让人有所不满，满也是小满，而非大满，这样，人就有需要"挣巴"的劲儿，也就是上进的劲儿。正如粮食稍微紧张一点，人就不至于见了饥荒年月曾经救命的苦菜昂然无视，对大自然的馈赠少了敬畏与感恩。

2016 年 5 月 18 日

茵陈

乡谚："正月的茵陈二月的蒿，三月割下当柴烧。"
茵陈在正月里发芽，嫩芽灰白色，此时采下来晒干，色
尤白，所以也叫白蒿。清明时候茵陈长得都有点嫌高了，
这东西很能长，一切野菜野草都很能疯长。跟庄稼相
比，野草像出身贫贱的小子，对生存的机会特别敏感、
抓得特别紧，不拣环境条件地拼命生长。茵陈全国各地
都有，历来认为陕西产的茵陈质量最好，药力最强，所
以在茵陈里又有一样"西茵陈"，就专指陕西产的茵陈。
茵陈很便宜，你要是现在去药铺买一钱茵陈，你都没办
法付钱。为啥？因为一钱干茵陈能抓一把呢，仅卖两三
分钱！

　　茵陈是治疗黄疸肝炎的好药，所以用茵陈做的菜
就应该算是药膳。我们那里用茵陈做麦饭——将茵陈
叶子洗干净，拌面粉蒸熟，吃时根据自己的口味调味
即可；也用茵陈搓面条，做法如菠菜面。有的地方炒

着吃、做菜团子吃、做汤等，一般野菜的吃法大多可以用来做茵陈吃。茵陈生长得很快，能吃也就几天的工夫，一般人家勤快的，也就吃两三次而已。茵陈生长在崖崖畔畔这种不长庄稼的闲地、沟坎渠梁上，也不好找。上天造物真是有德啊——茵陈吃多了，会中毒，照样对肝不好，所以上面所说的茵陈的生长状态，使不识字的田夫野老，也不可能多食，您说奇妙吧？一家人，一年吃上一两次茵陈做的麦饭、茵陈面、菜团子，没什么特别的意外，也就够这一年护肝养肝的功效了。人千百年来生生不息，仔细想想，不能不赞叹造物之伟大。

茵陈长大了，枝叶茂盛地抱根生长，所以又称"抱娘蒿"，《诗经·小雅》有《蓼莪》篇，莪就是抱娘蒿，就是刚冒出嫩芽的所谓茵陈。这首诗有人说是讽刺周幽王的暴政，使人民过分地服劳役，劳役者怨恨的抒发，同时表达对父母的无限孝思。有的说不是，就是表达纯粹的孝思，表达孝子对自己不能报答父母养育之恩的悲叹。我觉得两者都有意思，都不影响对其中表达的孝思的理解。我们那里，老人去世，"五服"中孝最重的孝子穿的斩衣上，前面书写"哀哀父母，生我劬劳"（只根据逝者的身份将"父母"二字改为慈父或慈母，若父母已先后亡故，则写原句）；后面书写"欲报之德，昊天罔极"。

这是《蓼莪》的精华，被关中人作为一个表达孝思的文化程式，数千年沿用至今。我的堂弟问过：怎么谁家老了人，都这么写？我说：这是固定的格式，是规矩。过去服劳役的人，远在外地，路途遥远，音信隔绝，看见一丛抱娘蒿，触动情感：父母生自己，原本是希望生子如茵陈这样美好的香菜一样，或者像后来的颜真卿赞美自己的侄儿如庭中香草一样，结果无奈自己远在外地服劳役，不能见父母，关山万里，不知道父母的身体好不好，甚至不知道还活在人世上没有，自己这么没用、无奈，辜负了父母对自己的期望——"匪莪伊蒿"，所以内心极其哀痛无奈。很多人的这种同样的情感，最后形成了一首诗歌——《蓼莪》。林语堂说《诗经》就是当时的时政评论，就是这个意思。

2010 年 3 月 19 日

春草

春天到了，草醒来了。

在我们家乡许老庄，把春天庄稼和草长起来了叫"醒来了"。草在我老家的土地里是慢慢地醒来的——过年的时候，天气还很冷，地上甚至有积雪，轻轻扒开雪和松浅的土，就能看到极细嫩的草芽，乳黄的草芽蜷曲着身子，仿佛正在伸懒腰——它要醒来了。

麦子也醒来了，慢慢地长起来，麦子要到清明节的时候长得像一只老鸦落在地里，看不见，当地民谚："清明苦老鸦。"草仿佛是麦子的兄弟，春天麦地里的草，大多是能吃的野菜：面条儿、小刺蓟、咪蒿、荠菜、油勺儿、黑眼窝……我在泾阳县吃过一种小蒜，我们那里把这些统称"地儿菜"。春天的麦地里，到处都是劀地儿菜的人，跟玩儿一样，散漫地走着、聊着，看见地儿菜，弯腰下去劀了放到篮子里。劀地儿菜，人来回踩踏，对麦子生长有好处，麦子此时是需要人这么踏一踏的，有利于分蘖，再长高了就不能踏了。剜地儿菜，也叫剐地儿菜，用小铲子轻轻地向根部斜着戳下去，就能把野菜的根剜断，这是小孩子们爱做的事情，孩子们剜地儿菜，感觉自己是在做一件"大事"。但"剐"似乎用劲过大，不如"剜"来得轻巧。剜地儿菜用不着那么大力气，也用不着镰刀，再说，用镰刀不留神会伤了麦子的根。剜的动作能上舞台——眉户剧有个代表作《梁秋燕》，现代戏，女主角梁秋燕就是在欢快的、春天的音乐里，边唱边舞地上来的："阳春儿天，秋燕去田间（哎），慰劳军属把呀把菜剐，样样事我要走在前边……"实际上她是剜地儿菜——"手提着竹篮篮，又拿着铁铲铲"，小铁铲怎么能剐呢？这么唱，一是押韵，二是可能编剧觉得"剜"字太土，且不好发音，不如"剐"字响亮。

用地儿菜慰劳军属，还唱得那么欢快，可见地儿菜在当地人心目中是好东西。地儿菜确实好吃，剜地儿菜的人在麦地里转悠了大半晌，剜回小半筐，回来将地儿菜择干净，菜根儿、老叶儿喂羊，人吃的是肥壮鲜嫩的叶子，炒、焯、下面条锅、包饺子，都极好吃——"菜叶儿搓绿面，小蒜儿卷芝卷，油勺儿吃起香又甜。"（《梁秋燕》）有的人家勤快，地儿菜能吃个把月。地儿菜是吸收了一个冬天土地精华的春草，浓缩生命绿汁和养分，饱满地涵养在小小的叶子里，没法儿不好吃啊！地儿菜是吃时月的，过期不能吃，也不能晒干储藏，太嫩，不经晒。也正因如此，春天剜地儿菜，人可以随便走，走到谁家的地里都可以尽情地剜。我总在想：地儿菜是上天给人的恩赐，不分在谁的田里，任何人都可以随意剜地儿菜吃。上天将这一古朴的采集形式和分配细节延续保留了下来，使它在春天里，变得神圣如仪。

在许老庄人的心里，对春天的草似乎天生有爱惜之意。春天，叫"剜草"，轻轻地、巧妙地剜，连刀子都不用。夏天、秋天，叫"泼草"，即割草，动作幅度就大多了，用的工具也厉害：弯镰。弯镰犹如蒙古人和西藏人身上的刀子，有多种用途：砍、削、剜、割、剁，都行。泼草，用许老庄人的话说出来，听上去霍霍地有刀子割断草根草茎的声音。许老庄人对春草有一种爱惜甚至养护的意识，让它长；而对夏草、秋草，有一种收获的冲动和理所当然的占有。

"春草"确实是个美好的词语，这两个字，没人不喜欢的。

我曾经夸口：在许老庄甚至关中地区，没有我不认识的草木。这是真的。我很喜欢春草的气味。春天，我回老家探亲，宁愿多停留几天，多吃几天地儿菜，最好是到地里散步、剜地儿菜去。

前两天，我妈打电话回去问我的弟媳妇："刺蓟下来了没有？"

"下来了么！地里多的是。"

"没事儿的话，多剿上些，压成刺蓟面，回头让人给捎过来。"

刺蓟，学名小蓟。许老庄人把它叫"刺蓟"，到了县城，风味小馆里水牌上写着"刺角"。将刚剿回来的刺蓟择去根，叶边缘有小刺，故刺儿过老的刺蓟做成的面会扎喉，亦不能用。洗净叶子，放入锅中用热水焯熟，将几近糊状的叶子捞起，放凉，和面，不加水。面要多揉，揉得精光筋道，要醒上一个多小时后，再擀。刺蓟面要和得硬，擀出来的面条水煮不软不烂。擀薄切细的刺蓟面，煮熟后捞起，过两开水，控干水，拌熟油、葱花、盐、醋、油泼辣子。一般人吃刺蓟面，饭量能增加一倍！在许老庄，有的人家用刺蓟面上坟，以飨祖先。

没法儿不好吃啊！——砖瓦窑起土，挖土挖成的土崖一丈多高，从崖底看见草根，一直长到上面的地里去了，这中间就有刺蓟的根，这么长的根，能吸取土地深处的营养精华，能不好吃吗？剿刺蓟，可以说简直就是许老庄人春天的集体抒情活动。上学的小学生，最后一节课，想起回家可以吃刺蓟面，喉咙里就不住地蠕动，口水老是咽不干净，心，早就飞了。

在我妈的感觉里，今年没有吃地儿菜、没有吃刺蓟面，就仿佛这个春天没过好、少了什么似的。

【附】

●韩美林先生曾对我说，他从监狱里释放出来，走到监狱大门外，地上还有积雪，他趴在地上，用手扒开积雪和土，看到土里的春草芽儿，哭了。

●每年春茶熟时，陈广琳兄就会收到老家九华山寄来的春茶，分我一包。想起寇丹先生说的：真正的茶人每得好茶，最乐意与朋友分享，而耻于独吞。于是又分赠其他友人。九华山绿茶，兼有龙井与碧螺春的香，略薄而已，有青草味儿，这青草味儿正是我喜欢的。闻这味儿，让我骤然想起家乡春天的草、地儿菜。

●我不能忘记"尹似村"这三个字——清·袁枚《随园诗话·卷二》载："尹似村《小园》绝句云：'春草自来芟不尽，与花无碍不妨多。'深得司马温公所云：'草非碍足不芟'包容气象。"因为这两句诗，尹似村在我的印象中可以说是不朽的。这两句话不仅有包容气象，甚至比司马光的"草非碍足不芟"还要博大，朴实浅近而有宏伟的气势，包含着对自然的接受、顺从、敬重和欢欣，意味无穷。我几次看画家朋友作画，题款时，举笔词穷，我就自作聪明推荐写这两句，均被在场人士称好，无一次例外。

"再不到武家坡前去把那菜来剜！"

　　西安大雁塔东南寒窑，方圆数里，田野肥沃，传说至今不长野菜——唐代以前长，唐代以后就不长了，因王宝钏居住寒窑18年，把周围的野菜都挖干净了，挖得太彻底，致使这一带不长野菜。

　　寒窑在曲江边上，是西汉时训练水军的地方，可见水大。隋文帝嫌曲字不正，改名芙蓉池，在这里修建皇家园林，名芙蓉园。唐代又恢复了曲江的地名，也是唐朝皇家的游玩胜地。自唐亡以后水就干了，空余地名。现在西安曲江搞了个人造旅游景点叫"大唐芙蓉园"，驴唇终于对上了马嘴。

　　唐朝皇家在寒窑边上的曲江游玩饮宴，宴会很豪华，豪华到什么地步？比如有几道很变态的菜："水炼犊"——就是清炖整只小牛犊，"雪婴儿"——将剥皮的田鸡裹上精豆粉煎熟；"凤凰胎"——杀正生蛋的母鸡取其将下未下的蛋胎与雪白的鱼肉蓉同蒸……估计武则天的男宠用铁箱子烤活驴也是在这儿干的。您说这变态不变态？

　　皇家宴会，有时候也请高官或高官家属参加。想象一下：如果王宝钏听她爹丞相王允的话，嫁给状元，也会有机会吃这些变态的大餐的。可是，这傻妞钻了牛角尖，偏偏看中了一个街边流浪汉、唐代的"犀利哥"薛平贵！这样，她就注定要自己挖野菜吃了，一吃就吃了18年。

　　王宝钏是丞相王允的三女儿，丞相的女儿爱上了"犀利哥"，全京城都炸窝了。王丞相动员了许多人劝女儿改变主意，这傻妞的脑袋就像麻绳打结浸了水一样，越拧越紧不好解。父女两人最后PK，根据秦腔的唱词，王宝钏这样教训他爹："姜子牙钓鱼渭河上、孔夫子在陈曾绝粮、韩信讨食拜了将、百里奚给人放过羊！把这些名人名将名儒名相一个一个人夸奖，他哪一个中过状元郎？老爹爹莫把穷人太小量，多少寒门出栋梁！"戏唱到这儿，台下必掌声雷动，这话说得尽管很大，但它犹如火捅条，将看戏者人心封埋的炉子狠狠地捅了一下，希望的火苗腾地就升起来了。

　　王宝钏跟他爹三击掌，发誓不再回相府，连京城都不回了，跟着薛平贵住到城外的寒窑即一个破旧废弃的土窑洞里去了。不久"犀利哥"薛平贵降伏了在曲江一带作乱的一匹野马，此马就是红鬃烈马，不但乱跑乱踏，还吃人，搅和得皇家贵胄的宴会常常搞不成。后来西凉叛乱，薛平贵就骑这匹红鬃烈马打仗去了。唐朝真不够意思，连王宝钏这样的军属都不照管，让她在寒窑住着，逢年过节也没有人给她送温暖啥的。她的母亲，就是丞相夫人曾经偷偷来给她送过粮食，可这倔强的王宝钏把粮食口袋给扔出去了。她就天天挖野菜吃，严重营养不良，以至于薛平贵得胜回来，偷偷去看王宝钏，王宝钏眼睛发绿都没认出来，还遭到薛平贵的调戏，差点去死。

薛平贵平西凉有功，回来当了大干部，还带了个西凉国玳战公主。丈夫高官，王宝钏成了朝廷命妇，凤冠霞帔地去参加皇家的庆祝宴。根据河北梆子《大登殿》的唱词："……原来是平郎丈夫打坐在驾前！这才是苍天爷爷睁开了龙眼，再不到五家坡前去把那菜来剜！"

王宝钏过了 18 天好日子，就死了。

2010 年 4 月 17 日

柏

《四民月令》载：农历元旦即正月初一早上，人应该喝一碗花椒与柏树枝同煮的酒，可以祛病、延缓衰老。

柏之可食者，柏籽、柏籽壳——前者提取油，药用或给食物增香，比如烤面包，如果滴两滴柏籽油，味道会很不同，不过这样的东西，一般面包店和烘焙房，不会给你加，成本太高；后者泡酒，亦属药用。

关中的田地里，如今很不容易见到老柏树了，从前村子周围的地里，总是零星地散落着几棵柏树，那些柏树一直静默地以各种姿态和形状庄严地伫立着，仿佛不长似的，多年都不变样儿，不见它长大。人从外地回来，远远地看见野地里熟悉的柏树，就感觉快到家了。

柏树因为多种植在坟墓四周，是一种护坟树，所以，人多忌讳，不将其种在阳宅，因此一般村里没有这种树。但是，在公共场合，比如学校、机关大院等，为了绿化，一年四季能看到绿色，却种了很多柏树。人们认为，凡是机关大院、学校之类，人多，阳气壮足，所以什么也不怕。老家的公共建筑，以前不讲什么风水，后来不知道有人给说了个什么风水，就把端直的道路故意改弯了，所谓带坏风气就是这样。

我上过的中学院子里，有很多柏树，形状像一个大缸，即大瓮，因此叫瓮瓮柏树，我在树旁边复习，动不动摘一两片柏树叶子，用手指捻捻，凑到鼻子附近闻香。《蒲城县志》中录有一副前人的对联："焚柏籽香读周易，滴荷花露写唐诗。"不知道谁撰的，是一副书房联。

我只在一个村里见到过一棵至少上百年的柏树，像极了黑白抗战影片《地道战》里的那棵树。小时候步行去火车站看电影，仿佛路很远，但走到能看到这棵树了，就感觉快到了。这棵树据说现在已经被人折磨死了——那棵树应该最早是长在村外路边的，后来人口增多，村子变大，将它围在村中了。我小时候步行去火车站看电影，那时候它还不在村中，只在村外的路边，后来村子扩大，它就成了一户人家门前的树了，人嫌它是棵柏树，又不敢挖伐，一般村子里的老树，都不随便砍伐，认为老树有灵性。后来那棵树就死了。我至今记得它的样子。

柏树是北方的常见树种，木质坚硬，气味芳香。

关中人用它做棺材，认为是上等的，上世纪六七十年代，关中人形容谁家日子富裕，有这几个标准："柏木板、砖瓦房，飞鸽车子、山东羊。"砖瓦房好理解；家里有飞鸽牌自行车，相当于现在家里有高档汽车；山东羊，我不知道怎么回事儿，大约是从山东买来的羊种，家里养羊，副业搞得好；柏木板，就是指家里给老年人预备了柏木的棺材板。

做棺材，讲究在农历有闰月的那一年，闰者，多也，这一年做的棺材即寿材，能给老人添寿。做棺材，请木匠，子侄媳妇要给匠人做饭，无论工期有多长，做饭讲究不能吃重样的饭，做成还要隆重摆酒请客，谢匠人，亲友也会携带礼物来看匠人，匠人也从不敢因此矜骄，反而更谦逊认真，做活恭敬细致。主客彼此尊重诚敬，都很珍惜顾忌自己的名声。

现在，柏木少了，松木继之，但用松木做棺材，仍讲究前后两个挡板用柏木。中国人在坟墓周围种植柏树，用柏木做棺材，除了木质好以外，还有一个信仰：从秦穆公开始，陵墓四周种植松柏就成为礼俗。一是信仰松柏常青，是神性的植物；二是《风俗通》记载：九泉之下的阴间，有一种怪物，名叫魍象，专门吃死者的肝脏和脑髓。《博物志》上说，魍象的样子像一只长相怪异的羊，无论怎么都杀不死它，只有用柏树朝东南方向的枝，插在它头上，这怪物才会死。

关中人将魍象形容和理解为穿山甲，样子太怪、太丑，所以关中人不会吃穿山甲这种野味。据说魍象最怕两样东西，一是老虎，二是柏木。所以，自古人多于陵墓四周种植松柏，又于坟前雕刻石像生，少不了老虎，也有在坟墓内部的墓门、四壁的石头、砖上刻石虎以避邪的。

柏树长在陵墓四周，渐渐成为习惯，所以，柏树也叫陵柏，陵柏因此不可侵犯。古代法律，有盗伐他人祖先坟墓柏树者，要受重刑。汉代规定，盗伐他人陵墓的树木，偷盗者会被施以抛尸街头的刑罚。有个叫李允的人，把盗窃他父亲陵木的人杀了，官府不追究，还被认为是孝子。

2017 年 1 月 12 日于河南邓州希文宾馆

荔枝之痛

荔枝季节已过大半，我才吃到今年第一颗荔枝，感觉味道不怎么甜。今年雨水太多，又遇小年，荔枝结果少而品质一般，市面上也不见往年那么多，去机场的路上也有卖荔枝的棚子，但同样呈现小年的气象。去北方见朋友，带点荔枝，其实不如北方市场上卖的质量好，物流迅捷，已经没有什么地方特产可言了。

唐人《食疗本草》记载，荔枝"食之通神益智，健气及颜色。多食则发热"。我曾一次吃了很多荔枝，未见明显上火。

从前，南方人以荔枝为骄傲，北方人又因其不易得而倍加宝爱。汉武帝曾想将荔枝移栽到长安宫苑，劳民伤财，没有成功，载于史籍，只能更增加荔枝的尊贵。物稀而贵，遂为成见。至唐代，杨贵妃与荔枝的渊源自不必说。我的隔代同乡、唐代诗人白居易，任职忠州（今属重庆），见到传说中的荔枝，很喜欢，命画工将荔枝画出来，亲自撰写《荔枝图序》，这篇文字在白居易的作品中属于极平常的作品，全篇用比喻，只在最后说："若离本枝，一日而色变，二日而香变，三日而味变，四五日外，色香味尽去矣。"算是能给善于联想的人一点挥发性的感发点，其余皆说明文字，毫无焕然辞章可言。白居易本来就不是对荔枝有什么感怀，他明确地说，这就是为没见过荔枝的北方人描述荔枝形状的——"盖为不识者与识而不及一二三日者云"。

其实，查看其他古籍所载，也无不是这种试图客观描述荔枝色香味形的平实之文。有的荔枝品名实在是太写实了，如"鸡子""鳖卵"；有的品种则今日不见，如"春花""焦核""胡偈"，不知演变到今天，分别叫什么名字。我对"胡偈"这个名字尤为感兴趣。现在的荔枝名字中，"妃子笑"太俗，"桂味""糯米糍"太实，只有"挂绿"最美。"挂绿"这种名字，只有汉字才有。前年得一笔洗，名"樱花洗"，形如樱花连缀，古制所无，一友新创，置于案头，储清流，日常自鉴而已。山行途中，拾一二落英，归而浮其上，激滟可观。冬夏静日，忽闻乍然有裂声，这是瓷釉在温度变化下的开裂，景德镇人称这种釉裂为"惊釉"，"惊釉"实在是再美不过、再传神不过了。如艳红的荔枝上有一条绿线称"挂绿"一样，这种名字，可谓找到了世上属于它的"唯一"。

去惠州时，许大军兄邀游西湖，访苏东坡遗迹，看朝云墓冢。惠州西湖，山水相间，草木旺盛，低则阻路，高可参天，横柯蔽日，在昼犹昏。时值暑季，又逢雨天，闲游亦觉闷热，不知苏东坡其时，如何度过这样的天气。诗人襟怀，自是常人所不能理解的，有诗云："报道先生春睡美，道人轻打五更钟。"顺着他的诗句追溯，这不是神仙一样的日子吗？还有两句就是人人所知的写荔枝诗："日啖荔枝三百颗，不辞长作岭南人。"这些诗句并非写实，而是诗人苦中作乐，随遇而安。但是，传到京城，他的同年、昔日朋友、政敌、宰相章惇读罢，以为苏轼以诗示威，大为吃醋，甚至气急败坏。心想：把你苏轼一再贬谪，你不知道潜身缩首，还以这样的诗句高调炫耀。他说：苏子瞻竟然如此快活逍遥！那行，将他再往南贬谪，去儋州。

苏东坡的命运就是这样被他的同年、昔日的好友、持不同政见者、权臣勋要一次次切割——仕途频繁受沮蔽①、屡遭打压迫害，刀刀相逼，而不改其志，更非折节易志以求苟安富荣。

应该说，这种精神上的刀斧相加，摧残了彼时现实的苏东坡，使其不能在政坛发挥作用，不能造福于朝廷国民。但是，在人格和文化上，客观地成就了苏东坡。

西湖边上有老荔枝树，枝干弯曲而遒劲，自主干

---

① 沮蔽：见《宋史纪事本末》。沮，使其感到沮丧；蔽，阻碍、打压。

至枝干皆有一道道深深的刀割环状伤痕，鼓露凸起，一个个相连，真可谓伤痕累累。这是果树的环割痕迹——果树生长到一定阶段，想让它坐果率高、果实品质甘甜，就要在不同的果树枝干上，每年进行一次或数次的环割，即用刀深切入树皮，刃及木质，将一定宽度的环状树皮割掉，目的是阻断顶部光和营养通过树皮再传入树根，这样营养就因树皮的环割而受阻，留在上部，被果实汲取。比环割更深重的是环剥，也叫开甲，即像剥掉树身上的铠甲一样剥掉一环皮。有的果树每年要经过数次这样的环割、环剥，而树却能在当年将伤口生长愈合，这样来年就免不了再次利刃加身，甚至有的环割还得专门用钝刀效果才更好！河南新郑种大枣这样环割、环切，我老家种苹果、梨，也有人这样"动手术"。

所以说，你吃的最甜美甘芳的荔枝，是荔枝树挨了千刀万剐之痛而结的果。

人要脸，树要皮，木犹如此，人何以堪！

这不正像苏东坡一类人的命运吗？

2016 年 6 月 30 日

奉化芋艿头

所谓一个地方的土特产，即他处所无，或优于别处，足堪夸示矜炫于外人的。称赞自己家乡的土特产，这是人之常情。人也因此对自己的家乡多了一种自豪和深爱。

比如，我就经常夸耀自己家乡的特产，以至于朋友笑我把自己家乡说成宇宙中心了。

其实，这是人之常情。比如浙江奉化，就我所仅知，有两种特产是足以炫耀或者说傲视别处的，一是水蜜桃——据说这种水蜜桃至佳者，成熟到最甘美时，桃肉已经变成浓洌甘芳的汁液，插上吸管吸吮即可，无需劳动牙齿去啃咬咀嚼。这种东西，想象中堪称神物，必然运输不便，价格又必然昂贵，所以我至今仅闻其名而没有品尝过。另外一种特产，就是芋头，奉化的芋头，连外地没有见过奉化芋头的人，都耳闻一句流行广远的话："走过三关六码头，吃过奉化的芋艿头。"

比喻人经历丰富、见过世面。就像河南人形容人见多识广："吃过大盘的荆芥。"

宁波马颖会女士很热心，一入冬，就给我寄赠一箱奉化芋艿头。起初因为这个"艿"字，我想象应该是那种个头很小的芋头，不料收到后，才见识此奉化芋头个头之大，接近中等型号的沙田柚，皮色形状确如古人所说的"蹲鸱"——像一只蹲着的鹰隼。

芋头是南方的植物，从前乘坐直快列车，沿京广线南下，至湖北至广东，沿途常见，起初不知道是什么植物，但见叶大如荷，生好奇心而已。

芋头品种亦多：毛芋、狗爪芋、水芋、九爪芋、百眼芋头，等等，我这个对植物非常有兴趣的人，也是对其全部品种不甚了解的。

将芋头名"蹲鸱"，见于《史记·货殖列传》："吾闻汶山之下沃野，下有蹲鸱，至死不饥。"应当是说这东西食之耐饥饿，而不是蹲鸱不饮不食"至死不饥"。"芋魁"见于《汉书》，《本草纲目》名芋渠，渠，其声通魁，皆言其状之大；《名医别录》称其为"土芝"，可见其营养之丰富；《齐民要术》称"魁芋""白子芋"，不仅形容其根块能使自身繁衍，更有益于养活人命。

据《说文解字》，芋之名，是因为人见其形状个头，必惊讶乃至惊骇："芋，大叶实根，骇人，故谓之芋也，从草，于声。"就是说，人见到这东西，会发出惊讶的"吁"声——"吁"，就是大的意思，《毛诗传》云："凡于声字，多训大。芋之为物，叶大根实，二者也堪骇人，故谓者芋。"这就说得非常详细了。我最初见到这东西，第一反应就是这样，看到这东西形状大而周身毛蓬皮皱，的确有点类似"骇人"，或者说少见多怪。

江南人称芋头为芋艿，经其温声绵语一说，再加上苏州菜、上海菜的甜糯做法，这芋头在我的印象或成见中是很小的；湖南人吃的芋头，印象中也不大，圆小如汤圆，上面铺上一层剁辣椒蒸得绵烂，味道也好；粤菜的做法，多切片大而厚，以厚片五花肉夹而蒸至肉烂芋糯，是为香芋扣肉，夹一块，无论肉片或芋头，必须塞满口腔，至几乎满溢，才能咀嚼出那种浓郁的香味。不过近年来此菜已经很少能在粤菜馆子吃到了，大约是生活好了，人自然不喜肥腻，而此菜不仅耗费功夫，尤其是不能卖出高价钱，所以，逐渐淡出，真不希望失传；潮州菜的反沙芋头、蜜汁番薯芋头，家庭制作，似乎繁琐，只有上酒楼才能吃到。

奉化芋头的吃法很多，但最简单也最能品尝到芋头品质的，恐怕还是最简单的烹制，即切片隔水蒸熟，蘸绵白糖是极美的吃法，入口无丝无筋，绵密无碍，甘芳无比。但若止于蘸糖，则不能穷尽其妙——马颖会女士紧接着又驰赠宁波虾酱一瓶，专门伺候她先前寄赠的奉化芋头，可见对其家乡特产的用心之深远周到，用心之诚。奉化芋头蘸宁波虾酱，犹如原汤化原食，一试之下，我再看见白糖，差点犯了喜新厌旧的毛病。

芋头的芳糯软绵,被咸冽腥香的虾酱一点就化似的,要描述它的滋味,顿时感到词穷。正所谓"不得其酱不食",食物之美,必有其止于至善者,善烹调,必穷尽食材之性,济之以外味,尤擅长中和,使食材能借助外加之调味而臻于至善。

食罢思之:奉化芋头其品质固同类之至佳者,然若非用心格物,必不能道尽其妙,也不能"得其酱"以调和滋味,使其天赋之性得以发现于外,甘于人口,而悦于人心。"莫不饮食,而鲜能知味",圣人以饮食而言政事、人事、教化,故曰"夫礼之初,始诸饮食",信然。

2017 年 12 月 4 日

一麦相承

大年初一，就有我父亲的朋友上门来拜年。我父亲的房间，炉子整日火旺水开，茶水一壶一壶地泡，客人来了，吃糖果瓜子、喝茶、聊天儿。

我们那儿，传统上大年初一不到亲戚家拜年，一般是头半天走走本家、串门儿拜年，后半天到朋友家拜年。也有到一些老亲戚家去拜年的。时代变了，规矩慢慢地没有那么严格了，人都变得很随和，也随便。

我喜欢过年的气氛，人无论平时多么辛苦愁烦，过年的时候总是一脸笑意，一堂和气，人对生活的艰苦变得不敏感，甚至漫不经心了。我感到这就是春的气息、春的精神、春的含意。我很迷醉这种气氛。

我们的家族大，枝叶繁、亲戚多，因此，大年初一就有不少亲戚来拜年。我父亲的上一辈老人已经不多了，因此他这儿慢慢地就形成了一个中心，亲戚朋友来此停留的也多。我父亲母亲那些在外面上大学、工作的侄子、侄女、外甥、外甥女，一个个地来拜年，让他们感到很高兴，并使我父亲的虚荣心不断膨胀，这种膨胀像酒一样能使人上瘾。我父亲和朋友喝茶、聊天儿，来一个亲戚，进门高声喊叫着拜年，我父亲就一脸灿烂的笑容，掀开门帘出去，无论长幼都欢喜恭敬地迎进他的房间，倒茶、拿烟、拿瓜子糖果，给小孩儿压岁钱。

我妈和我的弟媳妇，在厨房忙，只听得刀剁砧板和"风葫芦"（即小型鼓风机）的声音，来一个亲戚，我妈就跑出来，也是一脸灿烂的笑容，用围裙抹着手出来，将亲戚的礼物接住，喊我们招呼客人。我妈腾出一只手，用大拇指和食指，从被围裙扎得紧紧的口袋里给亲戚的孩子抽出一个红包来。

亲戚们送的礼物，有规矩和等级，从礼物上能分清远近，远近不同，送的礼物不同，不能乱，我们那里人说的"有下（哈）数"，即有规矩、有秩序。从点心、糖果、烟酒上分不出这种关系，只能从馍上分。我们那里四时八节，走亲戚送的礼物再多再贵重，也不能少了馍，少了馍就少了一份庄重，人家就认为你不太用心，当地人说"不应心"。馍是身份和关系的标志，过年的馍就叫年馍，蒸年馍是一件大事，过年的气氛从家家户户蒸年馍就一下子浓了。

陕西的礼馍风俗，非常严格，是民间的礼仪制度，婚丧嫁娶、庆寿祭拜，不同的事，礼馍各不相同。一个女子学着做主妇，首先要学会这些，不能乱，否则会引起误会。这是古代民间社会对朝廷列鼎列簋礼仪制度的模仿，不断演变。在产麦区的陕西，就演变为丰富多样的礼馍，尤其以渭南地区各县的最讲究。礼馍就是个符号，一看其花色大小形状，就能判断亲戚的关系。如拜年，拿大馍的亲戚是最亲近的亲戚，即正式地"走"着的亲戚，要拿八个大馍（当地读若"馄饨"音），每个重约半斤，附带四个小馍，亦有花色之分。较远的亲戚，即不正式"走"的亲戚，只需要拿两个小馍就可以了。

"走"着的亲戚好比是亲戚中的常委，级别高，家中"过事"主要是这些"走"着的亲戚们唱主角，也必须到场。没有"走"着的亲戚，有事来不了，可忽略。

拜年，馍之外，再拿什么礼物，都是锦上添花的事，也是可以被忽略的。只要馍不拿错，就万事大吉。如果一个亲戚家每年都拿馍，突然有一年没拿，就成了一个事件，你就要琢磨：为什么？不想走这个亲戚了吗？这是个信号，很可能是平时哪里没有顾全好，得罪了亲戚，令其伤心，想和你断交（当地人说"丢打"）了。这是个严重的事件，会在其他亲戚和家族中引起议论。

馍的大小可忽略，但样式不能乱。当然，如果不是歉年（歉读"怯"，即粮食歉收），不要小得太出格，否则会被人笑话；即使丰收，馍也不要太大，否则也会被人笑话，说："瓜！"这里面体现着中国人的中庸思想，即有度、有分寸。

亲戚提着馍篮或是用手帕包着两个小馍来了，我妈欢喜地双手接过来。客人吃完饭或不吃饭要走的时候，我妈已经将给客人回的馍准备好了，回的馍一般是小圆馍。回馍即回礼，也有相应的规矩。

女儿家给娘家拜年，娘家就要给女儿家送灯，送灯拿的馍叫"鹣茧儿"，送灯也简称送"鹣"，祝愿女儿女婿和睦，多子多孙，子孙健康。因此，这也不能马虎。春节事多，人忙，往往就给来拜年的亲戚把鹣茧儿捎回去了，有的亲戚喜热闹爱待客，就说："你不要给我捎，给我送吧。"送鹣茧儿也是很庄重的事。过了初六，大小路上就能看到红灯笼、花灯笼——送鹣茧儿的仪式开始了。

接待拿两个小馍来拜年的，一般就用客人的手帕包两个鹣茧儿，等客人走的时候带走。拜年与送鹣茧儿的仪式简短而完整地结束，礼成于几分钟之内。

送年馍、送鹣茧儿，这种仪式具有平等精神：只要拿了应该拿的馍的样式、数量，就不算失礼，其他的礼物比如烟酒茶糖点心之类，可有可无。相反，拿了烟酒茶糖果点心之类的礼物而没有拿馍，反而会被认为失礼。

不过，亲戚中有在城里成家的，回去拜年没拿馍，拿其他礼物，只要给亲戚说一声也就能得到理解，但是你必须"说一声"，表示你对关系的认可。

再穷的亲戚，在最艰苦穷困的年代，只要来，说一声："今年我没给你拿馍……"也会被热情招待，话到礼（馍）到，只要说了，就算是拿了，关键在于那句话。

我们那里把朋友叫"朋亲"，朋亲是不拿馍的，礼物随意。但坐席，同辈同龄的，朋亲先坐、坐上座。

我们家过年，很热闹，从天亮到天黑，天天都有亲戚朋友来，洗茶具倒茶渣儿，泼出去的水把门前的雪堆都化去了半截儿。

我堂姑的孙子代表他父母即我的表哥表嫂来拜年，孩子因为怕生，放下两个馍就要走。我妈包了两个鹅茧儿追上去，再抓一把糖果给他。那孩子把东西抱在怀里就跑了。

见此情景，和我父亲喝茶聊天的另一个亲戚笑了："嗨！拜年……馍换馍哩！"

我父亲说："哎！你可甭小看这两个馍，啥叫血缘？这就叫血缘。老先人发明下送馍这礼数，有道理呢！馍是啥做的？麦嘛。"我父亲边说边用手比画："这个麦子的麦和那个血脉的脉是一个音，这就叫一麦（脉）相承！"

2003 年 5 月 1 日

从麦子说起

　　关中各县，皆有可夸耀的以麦面做的小吃，各有特色，异彩纷呈，不可替代。蒲城的名小吃，首推蒸馍，就是馒头。西府如乾县、宝鸡一带，新媳妇过门，要给族人擀面条，显示她的娘家女红教养：擀面的动作，擀成面的厚薄，切得细不细、均匀不均匀，调汤调得味道合适不合适，等等。蒲城人考新媳妇，看她蒸馍的手艺。

　　蒲城人到外地吃馒头，觉得这里的不能吃、那里的不能尝，显得非常难伺候。一般人知道蒲城馒头好的，招待蒲城人吃饭，主食上馒头，会特别谦虚地叮咛一句：咱这儿的馍没你们蒲城的蒸馍好！

　　蒲城所产的麦子质量好，做法又讲究功夫。近些年，蒲城又恢复了半个多世纪以前的老传统，到外地看亲友，送蒸馍当点心。我从老家蒲城回深圳，带两箱蒸馍，分赠给同事。

　　麦子在中国种植的历史非常悠久，《诗经》可为之证，如："我行其野，芃芃其麦。"（《鄘风·载驰》）再如："爰采麦矣？沬之北矣。"（《鄘风·桑中》）可见中原地区早就有麦子种植。

孔子的学生宓不齐(字子贱)，在鲁国的城邑单父（今山东菏泽单县）当单父宰，主持单父的工作。齐国攻打鲁国，单父将成为战场。当时正值麦子黄熟，可是，政府下令关闭城门，任何人不得外出，以免齐兵乘势攻入城中。经常遭受战争侵扰的人慢慢地就疲了，警惕性放松了，眼看城外的麦子将熟，老百姓就推举那些年长辈分高的人为代表去沟通，代表们见了宓子，说：麦子熟了，敌军还远着呢，让老百姓出城收割，能抢回多少是多少。一来老百姓得到好处，二来这些粮食就不会落入敌人的手中了（"且不资寇"）。话说得非常中肯，听上去有道理。但是，几次来沟通，宓子都没有答应。后来，齐国的军队打过来，到了单父扎营，准备打仗。老百姓这时候被武装起来打仗了，再也不能出外收麦了。

当时鲁国主政上卿季孙氏非常生气，派人拿着"红头文件"专程去通报批评宓子。宓子听完了上级的申斥批评，皱着眉头说：今年因为战争，没有收到麦，明年可以再种嘛。现在战争时期，时局这么乱，老百姓出城乱收麦子，必然胡乱抢收，闹出许多是非诉讼不说，许多平常不劳动的人也会趁机外出收麦，这样一来，那些不劳而获的人就很喜欢经常有战争、闹乱子，这样他们可以趁乱胡来。现在单父损失了一年收成，对整个鲁国来说，影响不大。但是，如果放任民众趁乱胡来、浑水摸鱼，养成这种侥幸心理，成为不劳而获的"幸民①"，那对国家的伤害必然很大，人心思幸，放弃法度规则，没有是非善恶，不是一年、两年就能修复的。季孙氏听了这话，非常震撼，他羞愧地说：哪儿有个地缝哟，让老夫赶紧钻进去。

后世有人评价宓子的做法和解释，说他显得很迂阔，也有人说其胸怀和眼光持世甚远。我选择后者。其实，当此危难之时，宓子那种镇定的人是罕见的。大概宓子认为战争的胜负都不重要，人心不乱才是重要的；战败亡国可能都不重要，亡天下，即人心里没有是非，才是真正的亡了。

自古有本富末富之分，而幸民以侥幸奸诈致富，称奸富，最下等。宋朝苏辙也说过，侥幸得财，非民之福。故从前各朝代，士大夫进谏匡正世风、重整法纪者，无不建言杜绝幸门。

自古以来，幸民恰与幸福无关。

2013 年 5 月 2 日

①幸民：心存侥幸之民。亦指不务本业、心有非分之念，得过且过之民。

礼
俗

婚礼，旧式有礼，新式有戏

旧式婚礼是传统文化的重要内容，即礼乐文化的一部分；现在流行的新式婚礼，形式不伦不类，内容空洞乏味，无聊得就跟演戏一样——无论其如何变花样儿，如何所谓创意，终因其没有文化根据，把人生重大的典仪，弄成了一场十三不靠的滑稽戏。

这里并非有意厚古薄今，而是据实表述。参加过许多次婚礼，感觉无论如何讲究奢华，都是吃一顿饭看一场千篇一律的笨拙表演，如此而已。总之，现在婚礼实在无足观，也不值得一说。

而旧式婚礼，哪怕是旧式婚礼的遗风，都能体现"礼"的文化价值，我亲眼所见陕西关中农村旧式婚礼，即便是极其简陋、极其省略的婚礼，也有可观之处，试择其鲜为人知的细节以观——

所谓六礼，此不赘述，单说其迎娶：纳彩之后，请期迎娶，两家派媒人早早就合日子，合好日子，即不能轻易更改。如古代之茶订——古人的经验和认知，以为茶树落土，即不能移栽他处，移则必死，故订婚以及合定婚礼的日子，不能更改，故名茶订。南方人婚礼上公婆"饮新抱茶"，应该与此有关。但是，民间人多不知此礼的来处和意义。

女家准备待嫁女子的嫁妆、男家准备里外三新被褥等，所有针线活，需要村中四位姓氏不同、身体健康、有儿有女、父母健在的"全合人"共同完成。传统文化中的孝义，渗透在生活的各个层面，在重大的仪式上，突出对于那些较为完满地执行它的文化要义并有成就者的表彰——尊重"全合人"，就是对与此"全合人"相关的所有人的表彰。以此明示众人：平常生活不可不谨慎信用，处理好家庭的各种关系，一切行不违礼，才能修炼到被人重视的地位。

未婚女子是不能送亲的，故姐妹在头一天来辞行。出嫁这一天，女方家中早早布置好先人牌位，男方前来迎亲的傧相要向女方的祖先献上四色礼，缺少一样礼，新娘不愿出门。

女子离家，先在房中被梳头、扶女的两位女傧相说得哭了，这才红着眼睛，有的还掉着眼泪离家，离家前在祖宗牌位前行礼告辞。行礼时，在施礼的地方铺上红毯或红布，即脚不沾地。行完礼，即由娘家父兄将女子背起，一般都是搀扶着走出家门，在门槛处又铺红毯或红布，意谓不带走娘家的一点土，不带走娘家的福气。传说清代状元、韩城人王杰，其母出嫁前给祖宗施礼辞行，拜毕即手抓前襟，仿佛用前襟擦着什么东西，不肯放手。娘家人再让她放手她都不放，双手死死地抓住前襟，掰都掰不开。亲友中有人开朗，说算了，时辰不早了，让娃赶紧上轿吧。就这样，该女嫁给了王家，生下王杰，后来中了状元。她的娘家世代读书，而婆家是个普通人家，其子能中状元，人都说是她把娘家的风脉从祖宗牌位前一把抓走了。

女子出嫁队伍，走在最前面的是女方的父兄辈中青壮年，从前是骑马，现在是坐车，手中拿一串黄色的纸钱——一根两尺长的细竹竿，中间劈开，用黄纸剪成的圆形纸钱夹在竹竿上，长长的一串，每逢岔路口，即取下一沓纸钱，撒向空中，这是给沿途看热闹的游鬼们的买路钱，希望这一路平平安安，也希望女子这一生都平安无事。这叫压前马。压前马者，也有领队的意思，送亲的队伍作为一门新亲，到了新郎门前，要有礼貌有派头，不能凌乱散漫。有了这个压前马的，整个送亲队伍看上去就显得庄重诚敬多了。所以，压前马的人，一定要相貌堂堂，仪表不凡，用今天的话说，是新娘娘家的形象代言人。

男方这边迎亲，早早将新房收拾布置好，新裱糊的顶棚、新刷的炕围子、新门窗、新桌椅，炕上至少有两床新被子，更多的新被子是娘家陪嫁过来的，婆家准备两床即可。也有心盛的，准备四床。结婚的头一天晚上，要请男性的"全合人"——两位同辈大哥，跟新郎一起睡到新房中，为新房"压炕"，用的都是里外三新的新被褥。这两位压炕的大哥不能是本家人，要外家人。其实，这就是让两位过来人，给新郎上课，上夫妻之事的课。这种事儿，不让本家兄弟做，是因为兄弟之间从不相互谈论这种事儿。平时，村中男青年在一块儿说笑，一人正说得起劲儿，见有本家兄弟来，立即闭嘴，别人也会配合他将此话题打住。

有的地方举行婚礼前，先举行加冠礼，即男性成人礼。由德高望重的长辈主持，在祖宗牌位前行礼，接受训话，此时鼓乐齐鸣，主持成人礼的长辈叙述，动情入理，任你是铁打的浑小子，也会被调教得泪如雨下乃至嚎啕大哭。周围人也因此感动。这个成人礼是古代圣贤教化四方的一个具体的实施，其对乡村的文化宣教，礼仪传承，起着不可估量的作用。

婚宴，女方作为新亲，今天优先坐席。新郎要给新娘家的每位送亲者看酒。看酒，即只敬客人，自己不喝。这比现在敬别人自己也喝，新郎喝不了，旁边跟一两位专门喝酒的酒囊（伴郎）要好。新郎看酒，只许女性长辈给礼物，礼物是规定好的，一张手帕，手帕刚从长辈手中给到新郎手中，即被围绕着新郎和陪客傧相的年轻人抢走，沾沾喜气。整个过程是个好玩的游戏。气氛相当热烈。有的女长辈还会和新郎开玩笑，有意难为新郎，这样的过程是个彼此熟悉的过程，气氛也很热闹，很显一个人的个性与修养。

新娘不看酒，只挨个儿给婆家亲友施礼，长辈再给礼物。新婚三天不论大小，谁都可以要求新娘施礼，这个过程就是认亲，快速跟周围的人熟悉起来。

可以说，我们那里的传统婚礼，新郎新娘可以一滴酒都不沾。因为平时就不主张人多喝酒，喝酒在乡下也是礼仪（见拙文《轮杯》）。

婚后第二天，新娘早早起来，梳洗打扮好，在姑嫂的陪同下，挨家走本家，看望本家长辈。昨天婚礼上见过一面，但印象不深的，今天再加深印象，关键是认门。新娘给本家长辈施礼，长辈再给礼物。

走完本家，新娘家的兄嫂就到了，接新娘回门。一是新娘经过了一天婚礼，晚上又被闹新房的耽误，休息不好。次日家中要收拾，别人干活，新娘不能在房中休息睡觉，否则于礼不合。回娘家休息一下是很有必要的。还有，嫂子会和新娘私密交流，问昨天一切是否顺利，遇到什么问题，如何解决，解答疑惑，等等。

这都是从前的老例儿，老例儿每一样都实用，没有一项是空洞的、虚妄的、无意义的，都是有目的的，节之以礼，施之以仪，看上去很美，做起来很典雅。其目的，无一不是让人作为一个人，因为结婚而成为一个能负责任的、成熟的人。种种礼仪，不乏强制，让人在作为人的理想标准面前，检讨、对照自己，并努力靠近那个理想。

2012 年 8 月 8 日于蒲城

关中男女不同席

【按】

前日某友问：儒家是不是主张不让女人和孩子上桌？

答：这个黑锅儒家可不背。反正我是没听说过。礼不下庶人，儒家让老百姓很自由，以礼管束的都是当官的，老百姓可以根据自己的条件去模仿，没有硬性规定。中国人的酒席，虽是吃饭，更多的是礼仪交流。所以，你常常听人家说酒席很丰盛，但自己没吃饱，为什么？因为"共食不饱"，是你心里老照顾他人，礼让他人，也不能吃得太饱，不好看；若自己不照顾礼让旁人只顾吃，太傻。

孩子们怎么能受得了这种拘束？

至于有的家庭条件太差，置办一桌像样的饭菜，招待客人，孩子不上桌，是因为孩子太闹腾、不受拘束；女人不上桌是女人谦虚，又不愿意和别的男人在同一桌上，目光相对、身体触碰，也不愿意与男人随便交流，所以，女人不上桌更多的原因是女人主动不上桌。

你想想：家里置办得起像样饭菜的人家，哪儿会不招待女人和孩子？女人单坐，孩子也有自己吃饭的地方。

由此想起一篇旧稿子《关中男女不同席》，发出来——其实很多地方都有这习惯，不是说一定要这样，而是说曾经的习惯，现在都慢慢地变了。

关中农村过红白大事，在我的记忆中，十多年前，还是男女不同席。记得我家二十多年前"入新庄"即庆贺乔迁，家里来的八十多岁的长辈老太太，坐在床上和亲戚们聊天。你请她去坐席，她先问：外前人（男人们）都坐了没有？你若说：不管他们，您老先坐。她必然说：不忙不忙！等人家外前人都坐了我再坐。谈笑如常，丝毫不以为意。

在男女不同席的时代，年长的老太太们，还是会先被邀请入席，坐上首位。但是，老太太们自己会逊辞不就，再三邀请，才慢慢地起身，一脸羞涩地整理衣服头帕，边走还会边说：让人家外前人先坐嘛。

从前夫妻去亲戚家做客，也是分开坐席的，反而不愿意坐在一起。夫妻到亲戚家里，在外人面前，无丝毫亲昵的表现，连多一个眼神都没有，显得很生分的样子，说话甚至故意生硬，像是嚷嚷着说。外人见了，会心一笑，认为这才是夫妻。长辈见了，虽然也会表面上笑着斥责男方，但心里是很认可这种关系和这种方式的。反而那些表面流露出亲昵的夫妻，会让人笑话、当话题。

起初很多老人尤其是老年妇女对男女同席很不习惯，你让她们先坐席吃饭，她们会很羞涩，很不好意思。现在虽然也慢慢地男女同席了，但遇到大事，客人很多，一般还是让男性先坐，女性会自觉地后坐席，坐席则自己组合一桌，剩下的才男女拼凑一桌。基本上还保持着男女不同席的共识，只是不像过去那么严格了。

从前小孩子不够十三岁，是可以和妈妈同席的，在妈妈旁边加一个位子，妈妈也会很自觉地不让孩子多占一个席位。过了十三岁，即全灯之后，就是成人了，出外做客，就不能和女人同席，会作为成年男人，占一个正式的席位，吃饭也会先吃，甚至会在自己的祖母外祖母辈的女性长辈们前面先吃。

当妈的会教育即将独立作为一个成年人坐席的孩子，坐席要讲规矩：坐端直，神情端庄而放松，不能塌腰踢腿吊儿郎当，坐得不能靠桌子太近，眼睛不能盯着食物，不能漫不经心，筷子要放整齐不能一上一下，筷子不是抓起而是捉起，不能吃中间盘子对面的菜，见大人夹一次菜你才能夹一次，夹完菜将筷子整齐放下、不能"将军不下马"，不能夹盘子中最顶的那片菜、要从中间夹，不能翻捡，不能放肆大嚼大咬，吃饭嘴里不能出声；轮杯的酒壶酒杯到了你跟前，你不喝酒但要让酒具在眼前放一会儿才能端起递给下一位，不能忽然一下子就给下一位，好像你不耐烦似的；吃主食在馍盘子中取馍，不能取最上面那一个，要从中间慢慢地掏一个，同时保证让上面的馍不掉滚下来；吃饭要照顾同桌的人，最好不要先吃饱，先吃饱也要将最后的几筷子慢慢象征性地吃，等全桌的人都吃饱一起离席……

男孩子经过了这样的反复教育和训练，就有模有样了。这样一桌男人，虽然是农民，但坐在一起，自然就有了一种厚重的文雅。我是很喜欢这种氛围的。关中农村坐席吃酒，是实施礼仪而不是放肆享受、不是休闲，即关中人说的，吃席就是让人感觉很受约束，很箍扎。因此，很多人做客坐席之后，回家还要吃一碗面。

这就是旧式的关中酒席礼仪。

男女不同席在现代人看来，是不平等的，但过去的妇女为什么不觉得有啥不妥？原因一是关中农村酒席，喝白酒实行的是传统的轮杯，即一席一只酒杯，转圈轮着喝。这样的好处是将喝酒作为文雅的仪式（见拙作《轮杯》，此不赘述），不是看谁喝得多，能控制酒量，不使做客时饮酒过多而失态，酒在这里真正成了助兴的东西。这样一来，男女就不能共用一个酒杯，况且，酒壶被转到女性面前，若再转给下一位，是很不礼貌的，好像女性是侍酒的一样，男人们对此也很不自在。略加考索，其实这是古老的礼仪，即《礼记·坊记》说的："子云：'礼，非祭，男女不交爵。'"男女，除了在祭祀中，平时吃饭是不能一起喝酒的。二是女性当着别人的面，尤其是当着别的男性的面吃饭，暴露吃相不好看，女性自己会不自在。常见新过门的媳妇，一般不上桌吃饭，就是怕别人看见自己的吃相。很多女性宁愿在厨房去吃点东西，也不愿意和男性客人同桌吃席。

现在生活在城市里的职场女性，最痛苦的就是与人同席喝酒，而男性又乘兴喜欢让女性喝酒劝酒。男性领导上司，让女性出面陪同人喝酒，在过去就是大伤风化的。有的女人有酒量还好说，没酒量的，就只能受欺负。这是很无礼的。礼者，顶亲疏、决嫌疑、别同异、明是非也。今天自诩读过大学的、衣着光鲜的城里人，我看是真不如我那些淳朴的关中乡亲的。乡亲们嘴里说不出任何花里胡哨的词儿，但在我看来，他们就是被中华传统文明一定程度地教化了的人，是真正的"虽曰未学，吾必谓之学矣"的文化人。

抄碗子

　　关中东府渭南一带,过红白喜事办酒席待客,有一个老讲究:有的亲戚回家前,会发现在主人的回礼中,多出一碗菜,附带几个白小馍,等于是额外回礼。这碗菜和馍,包含着一个意思:请没来吃酒席的老人尝尝味儿。所以,这不是给家家都回的礼,而是给家里有老人的亲戚的特别赠礼。

　　这与西府宝鸡一带的"孝子席"是同一个意思,都表达了关中人的仁孝文化礼俗和习惯。

　　西府的孝子席,我没有亲眼见过,但看介绍,就很令人神往并感动:过红白喜事的人家办酒席待客,会将家里有老人的亲戚,特意集中安排在同一席或数席,给这种席上菜跟别的席不一样,先上一遍菜,菜品也有讲究、有说法,每一道菜都有寓意和寄托。菜上来,坐席的客人并不吃,而是根据各自家里老人的情况,将这些菜分了,装起来,就是现在说的打包,带回去给自己家的老人品尝。等这一席菜打包完了，重新上菜，才是这些坐席的人吃的菜。

这个礼俗实在是太美好了！不知道现在还有没有延续？我希望这种良好的风俗能持续下去，哪怕现在的人不稀罕吃这一口，也应该将这种仪式以某种合适的方式延续，实用地演化为形式。因为即便吃不是问题，但仁孝永远是问题——前人说"治隆于上，俗美于下"，又说"美政不如美俗"。美好的礼俗对于淳厚人心，作用非常大。

这么美好的习惯，恐怕很多人不以为然，认为是虚礼——现代人对老规矩、老风俗认识不到位，抛弃和践踏是非常轻易的。

凡事都讲求实惠、要求眼前兑现的人，可能不太理解这种看上去很虚、很形式化的仪式，认为看不到更深层的效果。其实，凡是见效快的，都对世道人心无渗透力，陡然而来，倏忽而逝。

东府渭南诸县，没听说有专门的"孝子席"，但是，给老人"抄碗子"的习惯，至今仍然有。渭南从前是汤水席，比如大荔县近些年恢复的"九品十三花"，就是从前汤水席中最高档的席面。汤水席的菜，有扣碗、有炒菜供装碗，给老人抄菜，有的就直接用一碗扣碗，加上几种别的菜。有的用装碗，根据菜的品种，荤素搭配，通常以荤为多。

不缺吃，吃饭甚至成为负担的现代人，不理解为什么要抄一碗菜带给亲戚。

从前人缺油水，亲戚中过事的人家办设汤水席，自然少不了油水，而亲戚中的老人不一定会专门上门来吃席，一是身体原因，年龄太大，外出不方便；二是与事主家的关系，还到不了让那么大年龄的老人亲自上门来的层面；三是老人专程来一趟，衣服穿戴等都要讲究，有点麻烦；四是遇到比如亲戚家的孩子结婚，新人见长辈，老人要给礼，是个负担；五是老人体谅过事的人家的境况，不愿意增添负担，如此等等，就使许多老人不会到场。总之，背后的原因，对地方风俗和历史没有深入体会的人是不理解的。其中许多的默契，都包含着这个地方的文化历史赋予人的担当和体谅，你要从中发现古人说的"忠恕之道"，也是不难的。

所以，办酒席的人家，尤其是主妇，要记得从上一辈老人那里学来的习惯和规矩，不要忙糊涂了，要清醒地记得有哪些亲戚家里有老人，是需要给老人"抄碗子"的。如果忙忘记了，或者根本就没往这方面想，很可能会被挑礼。老人需要的是被惦记、被尊重，并不是贪图那一口吃食。

因此，有的人家忙疏忽了，会事后特别地去看老人，或者送个东西，补救一下。

现在的酒席，不像过去的汤水席，有很多菜，随时装，随时上，抄个碗子，告诉厨师，厨师会给你选几样，并且装得很好看。现在的席，一桌一炒，没有多余的菜，如果要抄碗子，就得专门单炒。所以，现在给老人抄碗子的人家就比从前少了。但是，讲究规矩的人家，会特别请厨师专门为抄碗子炒菜。比如蒲城，蒲城的"八宝辣子""高丽肉"，尤其是"八宝辣子"，做法比较简便，现切现炒，专门给亲戚抄碗子打包。在蒲城作厨师，"八宝辣子"一定要过关，最好还有自己的特色，能让人记住。每过大事，请秦腔界的名角来唱戏，招待这些名角儿其实很简单。他们并不在乎你上多少道菜，但"八宝辣子"和"蒲城蒸馍"，再配一盘凉拌绿豆芽，这些一定要有保障。这些都是需要你上几次的菜，其他菜倒不一定。有的演员会让你给他把"八宝辣子"打包。

如果给这种抄碗子的习俗四个字的赞语，那必然是：怀橘遗风。

有个典故：汉末，六岁的陆绩小朋友跟随父亲到大官袁术家里做客，袁术用橘子招待他们，陆绩往怀里装了几个，被袁术伯伯发现了，问他：小朋友，到人家家里做客，吃不算，怎么还拿走啊？六岁的陆绩从容答道：这个橘子很甜，我想给妈妈带回去尝尝。（"是橘甘，欲怀而遗母。"术奇之，后常称说。）袁术对这个回答，十分赞赏，常常对人夸赞这个懂事的好孩子。

因此，西府的"孝子席"、东府的"抄碗子"，都是"陆绩怀橘"的遗风。

不独陕西关中吧？全国很多地方应该都有这种习俗。

只是很多地方风气坏了——这几年看一些视频，有的农村吃酒席，菜一上来就被坐席的人扑上去恶狼似的抢了，十分难看，很丢人，像猪抢食一样。一位朋友对我说，他们那里走亲戚赴宴，要带大塑料袋，菜上来先抢，各自装满了再吃，所以，导致了设酒席的人家，要准备两套饭菜。想象那种狼狈的场面，亲友在饭桌上先打一仗似的，哪里有中国人"共食不饱"的文雅礼让？

这就是变质异化了的"怀橘遗风"，人忘记了礼，只记得吃。只记得吃，凡事就会争斗。

"尔爱其羊，我爱其礼。"风俗变异了，却没有匡正风俗、挽救颓败的人。更严重的是，很多绝不会在酒席上抢酒菜的人，未必知道"怀橘遗风"，不知道在自己的漠不关心和骄矜之间，世道风气中，流失了什么。

2019 年 2 月 16 日

送粽子

关中端午风俗，娘家给女儿家送粽子。

关中的粽子有两种，一种是蜂蜜粽子，仅用糯米作馅儿，用芦苇叶将其包成三角状，蒸熟后放凉，整齐地码在木盘里，上面用湿毛巾盖好，挑到街上去卖。把湿漉漉的粽子打开，将白糯的三角形粽子对角放在白瓷盘子里，用竹片抹上蜂蜜，用筷子夹着吃。这就是著名的蜂蜜凉粽子。我至今不忘蒲城县文庙门前老槐树底下那个卖蜂蜜凉粽子的老汉，他剥粽子的动作十分好看。多少年过去了，我居然忘不了他。

这种粽子不是娘家送女儿即长辈送晚辈的，而是晚辈买了送长辈的。但给长辈送蜂蜜凉粽子，不是制度，即没有礼仪的硬性约束。而长辈给晚辈送另一种粽子，却是制度。这种粽子就是红枣糯米粽子。关中不产糖，人却是爱吃甜的，甜要甜得纯粹，即不喜欢别的东西里透出甜味儿，要味儿纯粹、纯正。关中人张奚若先生的好友、哲学家金岳霖先生曾经写过一篇文章《我喜欢夹杂在别的东西里的甜》。想必张先生看了，会认为自己的感觉与金先生恰好相反。

关中人吃不惯红枣粽子之外的其他粽子。关中产红枣，粽子以枣与糯米为馅。

端午前后，讲究一点的人家就忙活着买米买枣买芦苇叶子，还有捆扎粽子用的马莲叶儿。包粽子是个技术活儿，要包得紧凑而俊俏。粽子包好后，放在新打上来的井水中拔凉，然后将多出来的一截马莲叶儿拎起来，八个或十个为一组，拴成一把。给新出嫁的女儿送粽子，一般要送一百或八十个，也有送一百二十个的，如果女儿家枝叶庞大，邻里关系又特别好，送两百个的也有。送得多，为的是让女儿的婆家，能够分送给本家和邻居们尝尝。老亲戚家，就送二三十个即可。一般人家会在街上买粽子送亲戚，但质量就不能保证，尤其是枣的质量，糯米中掺杂了少许普通大米也说不定。所以，给新亲戚送粽子，是个体面的事儿，一般不在街上买。

送粽子的时候，也送香包。香包是各种各样的，颜色鲜艳，造型也好看。给本家和邻居粽子分赠的时候，也会送一两个香包。礼尚往来，娘家给女儿送了粽子，女儿就要在收完麦子后，用新麦磨面做花馍给娘家"看麦罢"。"看麦罢"的时候，要给老人家买几斤桃。十里乡俗不同，距离我们不远的我外婆家那里，就不兴送粽子，改送"坨坨"，就是厚约一寸的大烧饼，面里有调料如茴香，两面沾上芝麻和切碎的花椒叶子，吃起来很香。大的如打麦场上那种运麦秸用的大木叉的轱辘，所以又叫秸叉轱辘。

端午前后，周围总有人家相互串亲戚，送粽子，所以大约端午前后十来天，过节的气氛总是很浓。那时候这种乡村邻里之间的气氛，其乐融融，安谧而宁和。我就觉得，前人设计的这个礼节，将人与人关系的沟通、情感的密切，在一种优美的游戏和抒情中愉快地完成，真是高明啊！

现在有的年轻人图方便，不送粽子，而改为到商店买点干果饼干之类的代替，看上去就没有送粽子那么庄重。其实，吃什么不重要，重要的就是形式，形式的庄重而礼敬——礼的精髓在于一个字：敬。

2010 年 6 月 16 日端午节

"吃破户儿"

　　"吃破户儿"，是陕西关中的旧风俗。似乎全国各地都有此俗——一个人有了好事儿，尤其是骤然有了什么好事儿，要请客，重则大吃一餐，轻则买一把糖、一包烟，与周围人分享，求一个皆大欢喜，让别人也沾沾福气。

　　若事情到此为止，则可以说是良风美俗，甚至可以说有点"衣锦尚䌹"的意思——您看古代宫廷戏，帝后于盛大典礼，身着华丽的礼服，但是，光华灿烂的衣服外面，要罩一层薄薄的、透明类似纱一样的宽松外衣，以遮挡礼服夺目的光华。奇妙的是，这样一遮挡，反而使得华美的衣服更加有了含蓄无尽的内在深厚之美。因此，古人说："《诗》曰：'衣锦尚䌹'，恶其文之著也。"（《礼记·中庸》）将这个意思引申一下，就是一个人得了好事儿，要懂得自抑谦让，要照顾其他人的感受，要让大家适当地分享一下，一能平衡众人之心，二能使自己获得兼爱、仁义的美好感受。

汉代经学家郑康成对"衣锦尚绢"的注解是："禅为绢，锦衣之美，而君子以绢表之，为其文章露见似小人也。"意思是说，有德行的人，穿华美的服饰要有意遮挡一下，表示谦逊、不敢当。而不像无德的小人那样，故意以奢华的服装炫示于人那么浅薄。

但是现在，我在关中老家的弟弟对我说：某某村，现在风气坏得很，吃破户儿，以咱们这儿的物价，一个普通家庭，一个月有的被吃掉三四万元！可憎得很！遇到丧事，原本义务帮忙的相奉①们，现在也以要钱为主，比如出嫁的女儿哭哭啼啼地抬着一桌饭来，相奉在村口挡着，不给钱不让往家里抬；灵前祭奠，亲戚行礼前，相奉也挡住要钱，给了钱才能哭奠，难看得很！好像绑架了事主一样，事主忍气吞声，任由宰割。到了别家过事，轮到事主当相奉，再报复。

有老家同学任兄来深，言及所亲历者，痛心疾首，深感风俗大坏，又难以拯救的焦虑。任兄可印证舍弟所说，当不虚也。

风气之坏，皆表现为坏礼而滥俗——以"吃破户儿"为例，从前是主人在其他人的起哄娱乐气氛中，稍微表现一下，所谓请客，娱乐大于消费，现在完全反过来了：一个人家，如决定给孩子娶亲，日子定下来，传出去，

---

①相奉：又名相夫。不要报酬，互相帮忙的本村人。

本村、邻村与这家人关系好的，或自认为与其关系好的，就开始在镇上任何一家酒楼饭馆吃饭消费，而账都记给有喜事的人家。被记账的人家不敢发声，心里再不愿意嘴上也不敢说，否则人家立刻不吃了，还不理你了。就是说，吃你，是看得起你。据说有的更可恶，将自己理发的账都给人记下了。等到真正办喜事那天，这些一段时间来"吃破户儿"的吃主们，都以事主家朋友的身份到门贺喜，给一个红包，十元至百元不等，再大吃一顿，算是这一个"吃破户儿"的活动结束了。

遇到有人家生了孩子，"吃破户儿"会一直从孩子出生吃到满月！而主人则在这一天，要到镇上的酒楼饭馆，挨家去结账。心里再难受，脸上还得装得很高兴，否则传出去，你被人吃了，反没落下人情。

我问："谁把风气搞成这样？"弟弟说："叫我看，村里有本事的人，读书到外地去了，就留下这些二杆子，不懂王化（规矩）。比如说一个二杆子在一个事上挑头胡来，没人阻止、纠正。这些人尝到甜头，就到另外一家的事上继续胡来，又没人拦挡。就这样，很快就把风气弄得越来越坏。"

陕西关中，所谓自古土厚俗良之地，旧时代所遗留下来的士绅固然与全国别处的士绅一起同步消失了，但士绅的气息仍然长时间存留于此，以士绅的价值观，化育一方民众。但随着时间的推移，这块自古"崇实学、耻奔竞"的地区，数十年来，力求发展经济，因而不遗余力地轻贱、厌弃自己原有的价值观，而拼命鼓动人的逐利之心。就我所见所闻，我们陕西人近三十年，都处在自卑的集体心理中。自卑什么？自卑不如别处人能挣钱、会逐利，恨自己性格保守、不会来事儿、太要脸面。所以，那种在乡间原本强劲地存在着的古老价值观，逐步消散殆尽。人开始不要脸了，并且惊喜地发现，自己不要脸起来，比别处的人更不要脸。

风俗从来有纯良者，也有丑陋者。原本，再良好淳美的风俗也有久则生弊的问题，或因厌繁密而就简易，或因贫陋而荒废礼仪。习惯成自然、约定俗成，像智能手机用久了积累的垃圾一样，干扰正常使用，偏离礼仪的旨意，需要不断地矫正、升级、清理垃圾，使其废恶丑而归于纯良。礼俗是对人的约束，犹如裤腰带一样，松弛懈怠是避免不了的。因此，需要时不时紧一紧，不让人看上去很难看。

所谓移风易俗，自古以来，一有赖于为政者以律令规导、劝勉之；二有赖于有声望的士绅君子以身作则，引导、损益之。此所谓国之所倚重者，人才与风俗也。

这个时代谁是人才？谁说话能合圣贤之理而动乡人之心？所谓德高望重者，在当下，无非是所谓成功者；而现在的成功者们，还没到对一方风气做榜样、起带头作用的程度，他们也不看重周围人如何看待自己。所谓成功者，就是在别处买房，不再回到原郡。

偶尔回来炫耀一下自己的成功，将亲邻刺激伤害一下而已。不带坏头、做坏榜样就已经是功德无量了，就算是"独善其身"了，至于"兼济"，则更加无望。因此，出现败坏风俗的现象，没人愿意站出来以正当的礼俗规劝、训导之，也越来越没有人有威望承担这个角色。就像老人摔倒了没人敢扶一样，风气被败坏了，也没人敢匡正，没人愿意匡正，没人有能力匡正。

"治隆于上，俗美于下"（朱熹《四书章句集注》），是古代读书人的美好治世理想，因为历史经验反复证明，从来都是"美政不如美俗"。

2014 年 4 月 14 日

吃相

　　我看电影《白鹿原》，尤其反感影片中的麦客割麦时像驴群一样在地里糟蹋麦子。真正的关中农民割麦，割得整齐漂亮，放得很讲究，不散乱，麦茬尽量留得很低。一是可以收获更多麦秆，二是方便耕种秋庄稼。其中原因，就是人对土地、对粮食有感情。也不要以为打铁的就得一身脏黑才像，麦客就得是傻乎乎的一身邋遢，其实真正的好把式，仍然是一身洗得白净的裤褂。虽为辛苦劳作者，但身上有那种劳作者的动人气质，田小娥看上黑娃就应该是看上这个才对。影片中黑娃因为几个麦客在背后轻薄地说田小娥，扔下面碗就把一个麦客推倒扭打，这就把田小娥感动了。这是很虚假的，非常浅薄无力。

　　说这个，貌似跟吃相无关，但是，它跟情理有关，跟情理有关就跟吃相有关。

　　电影《白鹿原》至少还有两处可挑剔：一是喝酒；

二是吃面。喝酒一人一个杯子，还举起相互碰杯，这不像是乡下人喝酒，更不像老式的关中乡下人喝酒，一人一杯不符合我们关中旧式酒席上的饮酒礼仪。那时关中的乡下，用的是轮杯礼仪，即一席一杯依次轮流喝，有古人"共饭不泽手"之仪，席间气氛端庄而文雅。影片中人物喝酒，神情呆木而散漫，对酒这种粮食的精华没有表现出应有的敬重和珍惜之意。吃面更不像我们关中人吃面，夸张的长筷子、大碗、宽面，但吃面的人端碗的动作，看着一碗面的神气、眼光，都不像是对粮食有着由衷的、说不出的喜爱的老式关中人。演员夸张地表演吃面，但看上去不香，不感染人，不让人有喉头忍不住蠕动的馋。黑娃这个穷小伙，一筷子面在嘴里，边嚼边说话，嚼断的面条掉到碗里是最不真实的，一看就是演员在吃面，很为难地吃面，并不是剧中的黑娃应该有的吃相。你端起一碗面，单就那个动作，就能看得出你是不是关中人、你对面的感情、你是不是吃面长大的。

从前我没意识到，其实我吃面基本上是不嚼的——那天有人说他发现作家杨争光吃面不嚼，我马上试了一下，发现自己也不嚼。几年前请王子武先生去一家新开的面馆吃面，面馆开在深圳，学了南方人的做法，一碗面捞起，上面放两根焯熟的青菜。王先生和我一样，先把青菜挑起放到一边，然后加香醋、辣子等调料。吃完，先生一抹嘴说："好！实在是好！"我说："您也不吃面里的青菜。"王先生像说一件很大的事儿一样庄重地说:"吃面就是吃面吗,可弄两根青菜干啥?绊绊瘩瘩的!"王先生这样说,可以判断,他吃面基本上也不嚼。

吃面,嚼不嚼,不一样。吃相不一样,吃相背后的习惯和情感也不一样,吃相反映出的信息各有不同。樊哙在鸿门宴上喀喀喀地将一块生猪肘子剁巴剁巴狂嚼大咽下去,那吃相能挡百万雄兵,反映了刘邦集团的力量和气概。所以说,吃相比吃什么还重要。曾国藩领湘军,其老家有个后生亲戚慕名投军,曾与之共饭,观其吃相,即看出此人胸襟狭小、无大志,遂客气迂回地安顿打发了事。

吃相泄露人的性情。关中农村人娶媳妇,婚礼当天,新媳妇和娘家送亲的人共席,一起吃最后一顿饭,以后这些人来,可就是亲戚了。媳妇作为主妇,要张罗招待客人,一般不上席吃饭。新媳妇就是再饿,婚礼这天坐席,别人吃得很开心,但新媳妇也几乎不吃。为什么?因为再好看的吃相都不如不吃更好看。所以,新媳妇两边的陪同,即关中人说的"扶女的"——从前女子小脚,又顶着盖头,两边要两个已婚妇女搀扶着,帮助新娘走路,又可以在耳边悄声提醒礼仪细节,同时照顾其当天的饮食诸事。新娘那天几乎不说话,与人交流,只低声告诉这两个"扶女的"嫂子,由她们与人沟通交涉。两个"扶女的"嫂子,会在新娘稍微有空坐在房中休息的时候，与婆家人沟通，赶紧给新娘弄点吃的送到新房中来，婆家也是懂的，早早就准备好了，饭菜端到房中，"扶女的"将看热闹的请出房，将门掩上，给新娘一个背着人、不让人看见吃相的吃饭机会。一切的掩饰、遮挡、回避、隐藏，无非是主动地自我约束，以更美好的形象，完成文化规范中的礼仪。如果哪家的新媳妇当众吃饭，嘴张得大了，或者结婚那天吃得多，会被人添油加醋笑话几十年，经常拿出来当作笑料，消遣之余，警诫教化待嫁的女子。

丧事更要注意吃相，在丧家吃饭，要貌端色恭。孝子如果放开来吃饭、喝酒，会留下笑柄的。古人警诫，孝子有丧亲之痛，礼当枕块，几乎废食断饮，不能"放饭流歠"（《孟子·尽心上》），即大口吃饭、大口喝汤，吸溜吸溜的，吃相贪婪放肆，没心没肺，不敬不孝。

现在影视剧表现农村题材，吃饭的多数不尊重粮食，更没有礼仪。这是对农村最严重的误解。我至今记忆中最文雅的吃饭，仍然是关中乡下，哪怕是物质贫乏的过去，饭桌上的礼数仍然是现在的人比不了的，尤其是那种老少几代人一起吃饭的人家。

当代豪华酒宴，多数虽杯盘罗列，珍馐满席，却因为其庸俗无稽的所谓宴会上的规则和潜规则，无非势利逢迎之术。交际无规则，往往还无礼仪，与文化无关，再奢华堂皇也难掩盖其本质的粗俗鄙陋。现在那些培训宴会礼仪的，多数白费劲。吃相就跟年轻人脸上的粉刺一样，不从身体内部调理，它会很自然地冒出来。吃相是很难装出来的，它是身世、习惯、性情、文化等的自然流露。王安忆曾写过一篇文章，说电影《半生缘》中黎明扮演的出身富家的公子世钧，在外面随和，回到自己的家里，吃饭无意中流露出了那种出身的派头。

讲究吃，人人都会；讲究吃相，今人则罕能意会。想起孔子说的，如果孝，就是能养，即给饭吃，则犬马亦曰能养。人之所以是文化了的人，就在于注意吃相。

《白鹿原》你又吃错了面？

　　电视剧《白鹿原》，一直没顾上看。有一天，看了微信某群转的一小段该剧的情节视频，大约是白嘉轩的老婆死了，他悲伤，一个人在院子里思前想后，不禁唱起了秦腔。就是这几句唱，让我打消了看这部电视剧的念头——那完全是一个厌恶秦腔、根本不听秦腔的人才会发出的声音。照理，能够想到用秦腔抒发自己情感的人，必然是对戏很熟的人、一个爱戏的人。哪怕他唱得荒腔走板也无所谓，也能让人听出这个人是平时就听戏剧，用戏表情达意很顺的人，他的声音里必然有一股味儿。这味儿即便不准确，但却有掩饰不了的劲儿，也可以说，有一股难得的诗性。

　　我看这段儿视频，紧张揪心得要命，生怕演员唱不下去，脑筋短路了，同时我非常害臊。真是奇怪了：演员唱得不好，作为一个观众，怎么会有害臊的感觉？我看所有小鸡吃绿豆——强努的东西，都会油然而害臊。实在是太勉强了，太难为演员了。

这个责任主要在导演。

昨天南兆旭先生问我：你们陕西解放前比我们山西富裕吧？

我说：差不多吧，有的地方甚至比你们还穷。

他说：我看《白鹿原》里的人，不管多穷，一吃饭就是大老碗吃面条，都是那种宽面条，不管是谁，那个带劲儿，一大勺热油泼上去。我们山西从前，可不敢那么吃！

我说：你看得细。我还没看这个戏。但你一描述，我就知道他们又弄错了。从前的人，哪里敢那样敞开了任性地吃？平常人家，这一顿饭，吃粗粮还是吃细粮，吃干的还是吃稀的，都会精打细算。所谓巧妇，就是要将有限的粮食，做成尽可能膨胀占肚子的食物，目的是求饱，不管营养。谁家要是无故烙饼，邻居就会评论：这家人不过了。年轻夫妻要这么过日子，长辈也许会出面干预。

从前的财主家，吃饭也是这样，不像现在电视剧那样，财主家的妇女，个个宽衣大袖，头发梳得油光，苍蝇站上去都能劈叉，个个一身锦绣，穿金戴银，仆从紧随。那时候财主的妇女也是要干活的，有的甚至要给全家人做饭，给长工做饭，还有的后来给评了地主富农成分的，家里主妇刚生完孩子就给牲口铡草压铡刀，说出来人都不信。吃饭也一样，不特殊。《白鹿原》所描写的地区，也穷，主要是从前缺水，粮食产量不高，麦地里的刺蓟长得比麦子还高，麦收时割麦子，刺蓟老扎屁股。这一带出手艺人，比如厨师。从前农业社会，只有穷地方才出手艺人。

陕西关中以前最令人羡慕的富裕地区有泾阳、三原一带，号称关中的"白菜心"。还有周至、户县，在秦岭北麓，地平，又得秦岭山水灌溉之利，稻麦两熟，外地人羡慕以至于揶揄："金周至，银户县，见人用白馍擦屁眼。"

电影《白鹿原》我看过，写过一篇评论，评影片中的一个细节。从一个细节就可以看出，导演对电影所表现的生活，了解得不深不细，所以失真（见本书《吃相》一文）。

难道这一回电视剧《白鹿原》吃面又吃错了？我抓紧上网看了头几回，就不看了。

吃面吃饭错了，这个是细节，现在人看电视剧，多不注意这些细节。但是，有一段戏，却是严重的错误——

白嘉轩的父亲是老族长、财主，见自己的儿子娶了六个媳妇都死了，老两口为此着急，这是人之常情。但是，老族长老两口儿晚上商量，故意安排丫头香草给儿子白嘉轩洗脚，那意思是孤男寡女地，就顺便把好事儿给办了。看到这儿，我真是长长地哼了一口气：这真不是我们关中人干的事儿！别说你是财主家、族长家，有头有脸的大户、财东，就是关中农村最最普通的农民，也绝不会干这种事儿：父母居然给儿子拉起皮条来了！家里有的是条件，堂堂正正地娶了香草有什么不方便？非要这样苟且、鬼鬼祟祟地做出与自己身份不合，尤其是与关中风气、与关中农民的价值观严重相悖的丑事？

可见，编导的确是没有理解生活，也没有理解原著的意思。为了显示某种农村味儿，严重背离人物的文化环境做出了妄断，一看就是还没有走出电影《红高粱》模式。

2017 年 6 月 25 日

所谓文化，就是一碗腊八面

　　我是去年应邀到罗浮山观音古寺拍摄采访该寺制作腊八粥的。一碗粥，将信众凝聚在一起，饾饤饮食琐事，而神理设教，于此可见。

　　近年每逢腊八节，借助现代传播工具普及腊八节来历及风俗起源，各种说法不一。我老家陕西关中，自清同治以后，各种寺庙毁坏严重，所以，我们那里没有腊八节寺庙舍粥的事儿，也就没有吃腊八粥的习惯。

　　似乎全国各地过腊八节吃腊八粥的多，而我的老家陕西关中农村，却是早上吃腊八面。关中农村至今仍是一日两餐，即早上十点，第一餐，称早饭；下午两三点吃第二餐，称晌午饭。如果晚上非要吃，一般不成习惯，就是看身体需要，简单做点儿饭，称喝汤，不叫吃饭，一般是家里请了匠人做活、来客人等，需要喝汤，做饭也不叫做饭，叫烧汤。即不做干捞面之类，要烧米汤，或稀汤面条。我觉得这个一日两餐制，晚餐不吃或所食极少，对身体有好处。

吾乡风俗，腊八节早饭吃腊八面——主妇们将过腊八节当成一件很重要的事儿，头几天就预备，头一天就准备了，当日早早起床，和面，醒面。家人还在梦乡，厨房里就慢慢飘出香味了。厨房窗户透出的灯光，朦胧而温暖，在寂静寒冷的农村，显得格外有人间的味道。

腊八面，面擀薄，切一把长、宽如韭叶，先把小米下锅煮成稀粥，再将面条下入粥，煮沸，调入用蒜苗、豆腐、粉条、杂菜等八样佐料炒成的葱花，也叫卤，再调盐、酱、醋等，想必从前木耳、香菇、黄花等都是稀罕物，现在则普遍了。做腊八面要做比平常的饭菜多得多的量，一般将一口大铁锅做满。

热气腾腾的腊八面做好了，先盛一碗敬长辈老人。有的老人还没起床，儿媳妇就将一碗腊八面端到床头了。老人闻到面香，内心十分温暖，慢慢地起床洗漱、吃面。分家另过的儿子，会一早送腊八面给老人。看哪个儿子家送得最早，老人会非常欣慰。如果哪个儿子家没送腊八面，老人会生气，责怪这个儿媳妇太懒，把日子过得不像个日子。

就在全家吃腊八面的时候，邻居之间也互相送腊八面，附近人家，各自相互送一大碗腊八面，尝尝味道，主妇们欢声笑语地交流，人来人往，十分热闹，人人脸上洋溢着那种文雅而多情的笑容。这使西北寒冷的冬天，显得非常温情，甚至让经历过的人回忆起来，感觉非那样的冬天不叫冬天，非那样的腊八节不叫腊八节。

腊八面虽是素面，但调和得非常浓香可口，让人胃口大开。做腊八面讲究用八样菜去配，吃也讲究一人能吃八碗！

人吃完，要给家畜槽里倒一碗，祈求牲畜来年健壮。也给鸡鸭们喂食一碗，通常母鸡入冬不下蛋，过了腊八即生蛋，俗语："吃了腊八面，大小鸡儿都下蛋。"

过腊八节，开始有年味儿了，吃腊八面，等于是过年前的总动员，关中人说：闻到年气了。

此风今犹存，然而，如同其他传统的风俗一样，稀薄了。现代人更爱自己，但不讲究了。农村的年轻媳妇们也学着城里人，成天低头看手机、上网，不怎么讲究做饭了。如今城里人追着吃柴火饭，乡下人却放着伸手可及的柴火不用，非要用电……

今年的腊八节，我在自建的国学群里，鼓励朋友们做好一碗腊八面、腊八粥，过好每一个节日。过节应尽量隆重，讲究繁琐，哪怕迂阔……

其实，人情世故就在一碗面、一碗粥中。你饮食起居、人来客往、日用伦常极讲究，礼仪周到、不苟且凑合，这样的性情、习惯养成了，推而广之，于家于国，谁敢对你苟且、凑合？

所以，我非常不屑某些人热衷于揽大活儿，就像手里拎着菜刀，总想做满汉全席施展手艺，却连碗面都不会做，葱姜蒜都不会切。成天手搭凉棚瞭高望远，非分操心，指点江山，却连个节都不知道过得像样、讲究。有的甚至看不起这样充实于普通人的、满满地装着人间温情和文化默契的一碗腊八面。

2016 年 1 月 18 日

还奢谈什么年味儿!

临近农历新年,各种有关年味儿的讨论越来越多了,路子是很清晰的:一是感觉物质越来越丰富了;二是感叹年味儿越来越淡了;三是问怎么才能让越来越好的物质生活再多增加一些年味儿。

吃的不说了,让你回到穷而有味儿的年,不可能,也没必要。那时候你过年,旧衣服上罩一件新衣服,怀里多揣两块水果糖就陡然有了优越感,就高兴得大获年味儿……这个,不能用来要求今天的过年。

有的说,不让放鞭炮使年味儿越来越淡了——瞎说!没有鞭炮的时代人就不过年?无论如何,鞭炮是助兴的,你一点兴都没有,就是把你放到火药桶上轰到空中你也没有味儿。我是反对城市里过年燃放鞭炮的,人口密度大,居住的都是楼房,一旦发生意外,你就后悔了。我看着一些县城也纷纷建造三四十层的住宅楼,就很想提醒买楼的人:你是否了解这些小城市的消防设备够不够用？再说，近二三十年来，即便是乡下，燃放鞭炮也是无节制地肆意燃放，以为燃放得越多，越能得到天地神灵的特殊照顾，这纯粹是以愚贱小人之心揣度神圣之腹。

其实，过年没年味儿，就是人与人的关系以及联系关系的文化程序出问题了。一到过年，这个文化程序就不给力，就短路或死机。

所以，今年中华书局邀请专家就过年作讲座，题目已经不是过去那种讲解过年的礼俗了，而是讲过年的礼俗消失的原因。看这题目设置，就是彻底将过年已经没有年味儿、年味儿已经消失殆尽等当作前提了，不像过去那样不甘心承认。

这是无可奈何的事。

贫穷才有年味儿？那"仓廪实而知礼节，衣食足而知荣辱"（《史记·管晏列传》）怎么讲？放鞭炮才有年味儿？尽管这些年不让燃放，可是，人们放得还少吗？不也照样没年味儿？

其实，年味儿越来越淡薄的原因，用过去的一句话说，就是：礼崩乐坏了，所以，年就过得没文化、没味儿了。

舍此，没有其他原因。

朋友圈曾疯传几个北方农村拜年的视频：山东、河南、苏北等地农村的拜年情景——大年初一，本村本族之间、不同宗族之间相互拜年，男女分别结队，行叩拜礼，有的还请乐队伴奏，受拜者为族中长辈。由于人多，拜年磕头就在庭院甚至马路上进行，虽然没有铺拜毡、整队、唱赞，但是随人随地而行，人多势众，齐刷刷地跪倒，礼拜如仪，长辈受礼，喜气洋洋，端出花生糖果散发，场面非常动人。拜完一家，又走到下一家，途中与别的家族拜年的人群相遇，彼此朗声打招呼，显得非常亲热友好。

我观此礼俗有如下好处：

一、明父父子子之序，使人从每年的第一天，就强化自己的身份感：当长辈的德行事功要方方面面像长辈，当晚辈的楷模，配受晚辈这一拜；当晚辈的要像晚辈，恭恭敬敬地叩拜下去，向长辈祝福，也是向长辈学习，因为晚辈有一天也会成为长辈。

二、敦亲睦族、善和乡党。磕头拜年，化解了一年当中许多避免不了却又纷纷扰扰难以言说的尴尬和矛盾，亲族由此得以谅解、和睦，日常关系懈怠、彼此来往松散的，由此得以整饬紧密；邻里乡党，不同家族之间，彼此通好礼敬，不同宗族在拜年时展示人丁，又竞争礼节、礼数，颇有君子之争，揖让而已之风。于是，过年才有了过年的意义和价值。这也正是前贤不断丰富增饰过年的目的和意义。

这些拜年礼俗，也许今日粗鄙浅躁愚顽之徒视之或以为奇异，而不觉其礼乐的文化实质。

传统的过年，就是礼俗过年，礼节往来，美而有序。

今天，多数是新文艺过年、娱乐过年。新文艺多无根浮游，各种祝福显得虚头巴脑。

过年，礼乐之外，辅以娱乐功能是必需的。但娱乐无度，以为娱乐无尽就是过年，娱乐节目的制造者和表演者在电视上掷地有声地说"我们就是给大家过年增添一点笑声、供人一乐而已"，巧言令色，以娱乐掩盖、排挤、干扰、覆盖礼乐，不就是"紫之夺朱也""郑声之乱雅乐也"（《论语·阳货》）？

礼俗之于人，是有一定的约束和限制的，而不是狂欢和放纵的，所以，礼数一定会使人受拘束；避繁难而求便易是人性，所以，即使是在古代，礼俗也是在执行的过程中，不断地被人松弛、怠慢的。正因如此，才需要经常不断地被人强调并整饬、申明、修复，犹如鞋带、腰带会松弛，因此才需要经常紧一紧。

年味儿越来越淡，原因就这么简单，不执行礼俗，不受拘束，总想娱乐放纵还要有年味儿，按照汉朝人的说法，这种想法就是"浊其源而望流清，曲其形而欲景直，不可得也"（《后汉书·刘般传》）。不可能的。

2017 年 1 月 11 日

你自己的年味儿为什么向别人要？

上月末，拙作《故乡是带刺的花》举行新书发布会，现场气氛热烈。主办方认为这是一本写故乡、说传统文化的书，所以冠以"带一本说故乡的书回故乡过年"主题，激发了读者的兴趣。互动环节中，一读者问我：现在都感觉过年没有年味儿，请问老师，怎样过年才有年味儿？

我回答：圣人说"吾欲仁斯仁至矣"。那么您可以这样理解：我要年味儿，年味儿就来了。

是啊！你自己过年，关别人什么事儿？你怎么能向别人要年味儿？你自己若不想年味儿，别人给你你也不要。是不是？

年味儿是自己过出来的，不是谁给的。就这么简单。

你嫌没年味儿，那么，腊月二十三过小年，你家祭灶君了吗？你说忙，没顾上。是啊，你顾不上嘛，关小年什么事儿！

我小年这天推辞了三个饭局邀请，利用中午时间，跑了两个南北方特产店，依照我熟悉的风俗和讲究，准备了过小年的东西。回家晚饭前，认真地布置一个祭桌，用收藏的一块干净的布盖上，放祭品的小碟子是清同治年间的民窑青花瓷，铜香炉……就要努力把这忙碌而凡庸的日子过得有点意思。

日本京都大学的学者涧石先生，昨天见我在朋友圈发的阳台上祭灶神的图片，说布置得很庄重，并且感慨：您是不会放过中国任何一个民俗节日啊！

当然了。这是我的年味儿啊，我不过，找谁要？

当晚，有朋友看到朋友圈我发的图，怅然地说：看来明年也要这样过了。我赶紧鼓励他：各地风俗有差别，南方有"官三民四船五"之说，即官家祭灶是二十三日，民间是二十四日，船家（疍民）是二十五日，明天（腊月二十四日）祭灶君也来得及，并且教了他许多东西。看看：这不是"吾欲仁斯仁至矣"——我要年味儿，年味儿就来了。

当然，年味儿淡薄，原因与人太忙碌有关。我曾经畅想：要想真正弘扬复兴中华传统文化，就应该从腊月二十三开始放假，到正月十七收假。至少腊月二十三到除夕前一日，应该是半天假，方便人去准备准备。这样才会过出年味儿来。人的心态不悠游、不从容，到处催赶，怎么能有味儿？任何事情都有窍门，传说朱元璋为了复兴被践踏破坏严重的唐宋礼俗，不也用一副对联就倡导出了新风气吗？胜过多少苦口婆心的教导和训喻。

现在，我正见缝插针地准备过年的一切大小事情，连年夜饭都策划好了。年夜饭当然是自己做——我在一个电视节目中讨论年夜饭到底是在家吃还是在外面吃好，轮到我说话，我说：依照我熟悉和习惯的风俗，中国人过年，祭祖非常重要，你们把祖宗请回家了，结果自己一家人外出吃饭玩乐去了，把你家祖宗晾在家里看门啊？

我曾经回答大连一位咨询如何祭祖的年轻人："以鄙乡之礼，于除夕当天，上午在堂屋布置条案，洒扫洁净，迎像出主，并于午后，五服男丁持鞭炮、烧纸，去往先茔，鸣炮、烧纸、磕头，迎神请灵。回家后，于堂上，磕头上香，安神就位。年夜饭前，先进盥巾、碗筷、杯盏，一般是三副，示多也。年夜饭，阖家先叩首上香，主菜献于案上，斟酒，再上香，请先祖享用。稍后，全家用饭，将祭过祖的饭菜撤下，分享。祖先像前案上，换干鲜果。此为辞岁。初一，拜年，清早于堂上上香、磕头，进盥巾，撤干鲜果碟，备饭菜。初一饭菜主菜供祖先后分享如上。供毕，复换干鲜果长供。自此，亲戚本家来拜年，磕头当在祖先堂上先拜祖先，后于堂上原地给长辈磕头拜年，拜年要朗声唱诵。"

这就是年味儿。

中国人过年，不是放松，而是受拘束，中国的文明礼仪就是受拘束，而不是单纯地无约束地狂欢。所谓年味儿，就出自这些拘束、礼仪、禁忌中包含的强迫的仪式感。

2018 年 2 月 9 日

过年与亲戚相处，如何能皆大欢喜？

　　过年要不要跟亲戚往来？怎么跟亲戚往来？这在我们乡下老家根本就不是问题。这话题还拿出来说，不自量力，企图以经验指导他人，真是令人尴尬，甚至心生悲凉。

　　原因是，春节期间，各种自媒体，出现了数篇同样话题的文字，多数是迁就当今那些所谓读了书在城市生活的人，比如什么读书越多越不愿意跟亲戚往来，等等，似是而非，惑乱人心。

　　与亲戚往来，就是过年的主要内容。没有了与亲戚的往来，过年还剩下什么？

　　礼节本身就有强制性，不遵守就要承担后果。礼节不能完全顺从、迁就人当时的情感和心理。它为的是一种长久的价值，而不是一时的短暂感受。

　　年轻人，多不耐烦传统礼节。过年期间与数位朋友微信交流。朋友小新说，在贴吧里看到一位网友说的话：没放假的时候总想早点回家，回家了又总想早点出来。还有一位网友在批判亲戚，说几乎所有人都越来越不喜欢"亲戚"了。很长一篇文章，看了觉得挺有道理，可细想一下，如果七大姑、八大姨对其他亲友不闻不问都自扫门前雪了，这样的"亲戚"其实也没什么意义。

回复小新：千万别听他们这种貌似"真实""正确"的话了。人与人有很多缘分，而亲戚与你是血缘、生物性兼伦理的缘。你觉得与好多亲戚相处，不如与对脾气的朋友相处爽，是的，与朋友也是缘，可朋友再亲，也代替不了亲戚的伦理功能。与亲戚的缘分，注定了你一生有很多事情离不开亲戚。你们年轻，慢慢地就懂了，千万要处理好与亲戚的关系，要耐烦。不就是春节回家，亲戚一年半年不见面，也没音信，见面没话，就问你工作、问你收入、问你婚恋等这些烦人的事儿吗？他们问他们的，怎么应对，考验你的智慧。可以说，过年就是要你应对这些烦人的事儿嘛，这也是年味儿嘛。

在对待亲戚的问题上，不要任性，不要只图自己痛快，大家好，才是真的好；如果你只图自己好，慢慢地就会觉得谁都不好。

教你三招，与亲戚往来相处皆大欢喜：一、彼此能黏糊的尽量黏，不能黏糊的少见面多稀罕；二、彼此关系挂心间，礼数周全不嫌烦；三、良言一句三冬暖，见面说话嘴儿甜。前两者好理解，第三需要特别说明一下：亲戚中难免会有人经常拜托你办事，这是天经地义的，你也应该办。但是，谁也不是万能的，不是什么事儿都能办。亲戚若提出，你应主动对亲戚承诺："您家里有什么事儿，甭管我办得了办不了的，尽管说，我不能办，咱们是亲戚，我也不怕您笑话我没本事没混好；能办的，我一定尽力。"

小年是一位高学历美女，机智聪明，善应对。她说：每一个春节，都是自由意志被疯狂碾压的时刻，在这个节日里，你可以是任何人的谁谁谁，但唯独不能是你自己。

回复小年：理解正确！春节正是这样，必须这样。考验你的时候到了，要经得起考验，最好表现精彩。

千万不要做什么自己！一、你做不了；二、你做了就没自己了；三、我就这么令人讨厌总爱教人，忍几天，很快就过了。

过年，就是过亲戚。过年，就是见人。世上除了寺庙里的神佛，没有人见人爱的人。你见的人，一定不会都让你愉快爽利，你别老盯着不爽的，尽快调整自己。再说，今天不爽的，备不住明天会很让你愉快。

这就是缘，难以掌握的缘。

2017 年 2 月 1 日

对联三话

（一）对联是极可爱的文体

对联这种文体极可爱，它通俗但绝不简单。能让人喃喃吟咏或高声朗诵的对联尤其好。每到一地，我总爱留意名胜古迹的对联。我对那些传说得很神、联语太有机巧、尽管通俗有趣但太野的对联不喜欢。

我的理解，对联是在严格的限制中做出"无限"意义的，正如中华传统文化的精髓。一副对联能给外国人讲好半天。

我认为能写精彩的对联的人了不起。我老家《蒲城县志》中录有不少好对联。我请吴祖光先生为我书写我家乡县志中的老联："有血性人方能共事；无经史气不足论文。"

至于将姓名嵌入联语，我几乎很少看到过好的。印象深的是老家县志中有一副挽清末民初陕西靖国军总司令郭坚的夫人杨玉梅的："今日一樽遥奠问阿嫂因何沉香为何坠玉，此时六花纷飞痛大哥有处踏雪无处寻梅。"

娄师白先生有纪念齐白石老人的诗句："相扶南院摘青豆，携手西山看晚霞。"娄老以篆书书之成联赠我。

我父亲也能写对联，他有激情，句子来得快，字也写得好。1983年，我家新居落成，春节入住，我父亲书联："问大地何时解冻，擦犁铧只待春耕。"我父亲心情好得有点激昂，只求直抒胸臆了——他当时被平了反，摘了"地主分子"的"帽子"。

我刚搬到莲花山脚下的新居，新居靠近北环路，到底是免不了车水马龙的喧嚣。家与山却很近，早晚在阳台就能闻到山上清新的草木香气，山中有湖，可钓鱼，不过我没有钓过。将家安在这里就是为了靠近这一座山和那一片湖，权衡之后，就不计喧嚣了。乔迁之日，我用洒金红宣书一副小联："颇得湖山趣，不知城市喧。"——写实而已，句子忘记是谁的了，意思甚合我当时的心情。

我主张读文科的学生都能有对对子的一点基本功。

每年春节，我们老家总有人无事骑着自行车到处转悠，看到人家门口的春联好，就抄记下来。我对这种人是很赞赏的。但近几年有卖印刷好的对联，千篇一律，能写的人也少了，这不好。

我希望对联在中国能够重新兴盛起来。

2003 年 1 月 6 日

（二）贴春联的讲究和忌讳

"山家除夕无一事，插了梅花便过年。"是极清闲简单的过年。

一般人家，贴了春联，就有了过年的意思。

吾乡风俗，从前春联都是自己家能写的写，不能写的请人写，或到集市上请摆摊写春联的人写，付一点钱，买一副，极少有买印刷品的。

从前，每到春节，便有好事之人骑车结伴串村子，看谁家的春联写得好。见好的，品评一番，抄录下来。正在欣赏春联，若遇主人开门，听到赞扬其春联好，主人一定盛情邀至家中小坐，喝杯茶。好春联，就这样传播开来。这种好事者，又如上古之人，摇木铎采诗，是让人想起来就神往的。

今天已无此风，亦无此好事之人。能自己写春联的人已经很少了，能写得好、写得绝妙的，几乎泯绝了。凑合着贴个红对子，看不看词句都不一定。文化的断裂、消亡就在这日常之中。谁也不重视。

但是，现在也有年轻人讲究不买印刷品，自己能请当地名家写春联，便觉有面子。我觉得这很好，应该鼓励。

但有个风俗是很讲究的，即家中如果有老人去世，三年守服的人家，可以不贴春联——《孝经》有云："孝子之丧亲也，……言不文，服美不安，闻乐不乐，食旨不甘，此哀戚之情也。""言不文"，不可太有意讲究，即此之意也。

守服的人家，如果贴春联，则不贴红纸对联，要贴蓝纸白字对联，且这样一来，对联语的讲究更大，难度更高，而孝子"言不文"。所以，一般人家选择不贴。

前年在潮州乡下采风，见一户人家有蓝纸白字春联，其联语曰：

"守孝不知红日落，思亲只望白云飞。"

语出有典。虽是常用，亦观之令人陡生敬意。

2016 年 2 月 1 日

（三）有关春联的四句话

别的不赘述。只四句话：

一、一定要用手写，坚决不用印刷品。手写出自活人，字写得再不好，也活气盎然洋溢。而印刷品死板，无疑是死气。

二、应讲究联语，既语义吉祥又文词工稳、高雅隽永，不能只图空洞吉祥，大话贪妄，不只粗俗，且祷求过贪，神不听。应撰写符合自家身份又抒发心志、挥扬胸中意气的春联，不要空泛无用的吉祥话。

三、若登门求人写春联，当备薄仪谢之，不可白要，使书家沦为役力。书家亦应有逊谢之意。彼此礼数周全，人情殷殷。

四、贴春联，须敬谨，让家中青少年为之，青少年阳气壮。长辈一旁指点。过程应隆重认真，不随意。

2018 年 1 月 25 日

鹣茧儿

春节期间看朋友圈，只有陕西关中东府地区即渭南各县的朋友会晒拜年的礼馍。也有的朋友看了，很惋惜：从前某某地方也有拜年拿礼馍的，现在也基本上失传了。

的确，现在许多人嫌蒸馍麻烦，拜年都不给亲戚拿礼馍了。拜年拿的其他礼物，价值一定比礼馍贵重，但却感觉不像是拜年。

我开玩笑说：怕麻烦而不拿礼馍来拜年的，主人家就不要做菜设酒招待了，泡一袋方便面就行，这样才与其相配嘛。

渭南地区人性质直朴厚，大致还保留了这些古老的美好风俗。历史上，从宋代朱熹到清代顾炎武，籍贯外地的前辈君子圣贤，都很欣赏我们陕西人的性格。秦人普遍有坚刚不易之先天性格——大儒朱熹说秦人有刚德，刚德是成为圣贤的天资之德。也就是说，随风更易、乖巧灵敏的性格，不见得有什么不好，但不是圣贤之德的天资。

当然，刚德的弊端就是刚病，所以朱子说：欲其德，须去其病。如何能去其病？读书修养，舍此无他。所以我常说，越是陕西人，越要读书，否则尽现其病。

刚德在庶人身上的表现，比如凡事从俗照例，不轻易改变风俗、毁坏礼节。

这种规矩和习俗，既是不成文的自觉，也物化为实体的寄托。比如礼馍制度："陕西的礼馍风俗，非常严格，是民间的礼仪制度，婚丧嫁娶、庆寿祭拜，不同的事，礼馍各不相同。一个女子学着做主妇，首先要学会这些，不能乱，否则会引起误会。这是古代民间社会对朝廷列鼎列簋礼仪制度的模仿，不断演变，在产麦区的陕西，就演变为丰富多样的礼馍，尤其以渭南地区各县的最为讲究。礼馍就是个符号，一看其花色大小形状，就能判断亲戚的关系。"（见拙作《一麦相承》）

礼馍，关中农村人多能识别，也会使用，但有的名字或因方言关系不尽统一，或以音传而鲜见于文字，以至于书写驳杂各异，容易引起误会。

比如渭南人过年，凡血缘亲戚，拜年一定是单向的，讲究次序，即晚辈拜长辈，女儿、外甥家拜娘家、舅家。反过来，长辈、娘家则不给晚辈、女儿家拜年。

这一点，很多城市人不理解：拜年是单向的，那么受拜的一方如何做到礼尚往来呢？

过了破五，从正月初六开始，渭南人的年节，进入了另外一个隆重的环节：送䭔送灯，即娘家给女儿家、舅家给外甥家送礼馍、送灯笼，这种礼馍，一个读音：读如健儿；两种写法：䭔儿、茧儿。这期间你到渭南诸县大小集镇上去走走，到处是卖灯笼的，天气也不太冷，逛街的人也多，反倒呈现出一种年前都没有的红火的年节气氛。

我认识的研究民俗礼仪的朋友们，苦于民间诸事多口口相传，鲜见于文献，对送灯的礼馍也常常说不清，或说不透。

查清代《华阴县志》《富平县志》《韩城县志》《澄城县志》《蒲城县志》《合阳县志》等，皆书"面茧""茧儿"。

但民间有另一种解释：䭔儿。

茧儿之说，源于古代茧卜之风——资料显示：古代民俗，于正月十五日夜，抟米、麦粉若茧状，书事置于其中，以占一年之事，谓之"茧卜"。其法大约类似上古蓍卜、龟卜，也有点像现在包饺子里面放硬币，谁吃到则吉祥。宋代诗人杨万里有《上元夜戏作长句》诗："心知茧卜未必然，醉中得卜喜欲颠。"是的，占卜之事，"未必然"。

为什么用蚕茧做占卜？我对此无暇详加考索，不便妄言。想象大约蚕茧体内多子，像石榴一样，令人联想到多子多福，久而久之，被引申为纯粹的祝福和寄托。关中民间，以面花做仿生，由来已久，逐渐形成面茧儿，娘家、舅家于正月十五之前送灯以面茧儿伴随，旧县志统称"伴灯馍"。民间流传下来的用面做的伴灯馍茧儿，形状像个花枕头，如蚕茧状，装饰以花朵，甚至染色。

鹣儿之说，则源于一种水鸟：鹣。在古人看来，鹣这种水鸟，一目一翼，需要雌雄并翼，方能飞行，故称比翼鸟。《辞源》："鹣，比翼鸟。似凫，青赤色，相得乃飞。"用陕西方言，鹣字必附带儿音或者叠字，称：鹣鹣。韩城、合阳、大荔、潼关一带的黄河湿地，现在还有这种鸟，只是现在的人，不识草木鸟兽之名者多矣，故笼统地称野鸭子。

与鹣这种水鸟对应的有一种鱼：鲽，即今日常见的多宝鱼，《尔雅》释"鲽"字，"不比不行"。这种长相很怪的动物，都是祥瑞之物，《史记·封禅书》："古之封禅……东海致比目之鱼，西海致比翼之鸟，然后物有不召而自至者。"鲽这种鱼，因为贴着浅海海底生存，不易得，想必古人真正见过此鱼的人也不多，物以稀为贵，所以，以讹传讹，认为它只有一目，一定要两条紧贴着对方才能行动，故称比目鱼。

《文心雕龙·封禅》云："西鹣东鲽，南茅北黍"，鹣与鲽这两种带有传说意味的附带了文化寓意的动物，用来比喻恩爱的夫妻，以至于有"鹣鲽情深"，至今常见于婚礼喜联或贺词。

因此，我认为两种来源的解释都通达圆备。

寓意深刻的文化内涵，支撑着礼馍制度的这一个类别，其中不仅包含着美好的祝愿，更葆养着人们活跃的赤诚之心。

从正月初六到正月十五之前这几天，受拜年之礼的尊长，郑重地给前两天前来拜年的晚辈亲戚回礼：送䭔茧儿。䭔茧儿的形状，逐渐形成了相对固定的大小花样，有最复杂的称花䭔茧儿，最简单即没有花样的称甜䭔茧儿。熟悉此俗的人，看䭔茧儿的形状大小花样，就能判断亲戚的关系新旧远近。

新婚媳妇的娘家，送的䭔茧儿，称花䭔茧儿，最隆重，以蒲城、富平、澄城之俗为例，给新婚的女儿送䭔茧儿，包含主要䭔茧儿共六对、十二只，䭔儿、茧儿、鱼即鲽各一对是必不可少的，其他则是别的吉祥动物形状，另外再搭配形状花色相对简单的帮衬八只，也是成双成对的。还有花灯、红烛等。

送䭔茧儿是隆重的礼仪，如过年招待客人一样，主人家隆重地设席备酒。之后是正月十五供䭔茧儿以及随即而来的看䭔茧儿、偷䭔茧儿、还䭔茧儿。

正月十五上元节晚上，有新媳妇娘家送花䭔茧儿的人家，会隆重地在正厅供祖先牌位，设供桌，将花䭔茧儿摆上，点上红蜡烛灯笼，请祖先神灵品尝，此为享；供在正厅，也有请祖先神灵见证加持祝福之意。

次日合族分食，是为分享。还会特意留几个将其挂起来，自动干透，等到二月二龙抬头，再分食之。

村里的妇女会结伴到供着花鹨茧儿的人家去看花鹨茧儿——上元节晚上，讲究家里连个黑旮旯都没有，连农村旧式的茅厕，也要点上小蜡烛，敬厕神；连老鼠窟窿里也点个小蜡烛，敬这种让人痛恨的鼠神——老鼠多，固然可恨，但也证明家里有粮食，否则老鼠也不来。总之，这一天，礼敬一切神灵。

这样，又产生了一个风俗："正月十五偷鹨（茧）儿"——专门偷供在土地爷牌位前的鹨茧儿，别处供神的鹨茧儿不能偷，偷则不灵。也不是所有人随便偷。而是有目的地偷，专属已婚又多年没生育的妇女去偷。当然，这需要别的妇女的保护，需要关系要好、策划周密、会营造气氛，趁主人不注意，该妇女自己偷走或是家中婆婆、姑嫂也可以替她偷走。被偷的人家，自然也会防御，但如果被偷成功，也不计较。

偷鹨茧儿，等于是借别人的福气。偷回的鹨茧儿，要夫妻二人共食。如果来年真的受孕生育，就要给被偷的人家在次年正月十五前隆重地做一套鹨茧儿还回去，数量一定要十三个——一年十二个月，多一个为闰，即你们的福气因为我的偷，更多了。

以上是我记忆中的旧俗，现在也都还基本上延续着。

守礼遵仪的人会显得迂阔。其实迂阔和保守一样，一直是个褒义词。

简单说说鹣茧儿这种礼馍的来源及寓意，就知道现在的年轻人走亲戚，不大愿意带礼馍，就是因为不懂得礼馍并不是单纯的馍，馍是载体，重点是礼，送礼馍是完成一种传承古老历史的文明仪式。不知礼的人，只看见物，只看见物质价值，看不见文化价值，认为馍做得再好看，花样再漂亮，也是馍，不免轻贱之，不知道其中的含义和寄托。

"子贡欲去告朔之饩羊。子曰：'赐也，尔爱其羊，我爱其礼。'"——孔子的学生子贡想要撤掉月初祭祀上用的羊，孔子批评他说：子贡啊，你在乎的是羊，而我喜欢的是礼仪啊！

没有物质的负载，礼仪会显得虚无缥缈，如不坚持地，甚至迂阔地保守，慢慢地，人就个个都不遵守了。

很多东西，等失去了，你才知道它的可贵。

礼就是对人的束缚，执行礼就是主动地受麻烦，怕麻烦就没有文明。

2019 年 2 月 10 日

对联旧了、福字破了，如何将"福"撕掉却没有心理负担？

　　正月十五，元宵节，第一年新过门的媳妇娘家送的花鹨茧儿，大小十三个，供在堂上，堂上掌红灯、点红蜡烛。每个房间的灯都要开着，厨房不用说，连天井出水的水道口儿、老鼠经常出没的墙角洞口也要点小蜡烛，厕所也要插上香敬厕神……总之不能有一个房间是黑着的，连一个黑旮旯都不能有。

　　这是正宗的传统过元宵节。

　　孩子们挑花灯笼，争奇斗艳，各种花灯，一般是外婆舅舅家送鹨茧儿时同时送的，所以有个歇后语：外甥打灯笼——照舅（旧）。中国传统社会，舅权很大。现在许多地方也延续了这个传统，至少在许多家务的细节上，仍然发挥舅权的部分作用。

　　关于发挥舅权维护仁孝和睦，值得一讲。

　　儿童十三岁之前，外婆舅舅家年年要送鹨茧儿，也叫送灯。有条件的人家，尽量满足孩子的愿望，买孩子喜欢的花灯笼。手巧的，自己做灯笼，各种花样、造型，能挑着花样新异造型漂亮的花灯炫耀，对孩子来说，是很有优越感的。这是夸耀舅舅家对外甥重视的一个独特的仪式。若孩子的童年缺失这一仪式又见识过别的孩子夸耀，那将是一个孩子一生的遗憾。所以，建议有条件的人家，认真对待孩子的这个仪式。

孩子长到十三岁那年隆重地送一次，叫全灯，也叫完灯。全灯之后的孩子，就不是孩子了，就不能每年元宵节挑灯笼了。

给新亲戚送灯是非常隆重的，给老亲戚送灯，灯笼造型就比较简单，都是那种小小的鼓形灯笼，附送一把小红蜡烛。这就是个意思。会走亲戚的老派人家，很重视送灯，这是与春节拜年相应隆重的亲戚往来。我的同学惠忠正的父亲很重视走亲戚，每年给各个外甥女、侄女送灯，骑自行车，后座插上长竹竿，竹竿上套着一长串灯笼，一天走好几家亲戚，路人还以为他是贩卖灯笼的。

过了正月十五，再好看的花灯笼今后也没有机会挑了，放又不能放一年，过年不挑旧灯笼。怎么办？

正月十六晚上，再挑一次，不但挑，还要相互碰灯笼，灯笼相碰，必有一只先着火，或者两只同时着火，旁边的大人照看着，不让火燃大，但让灯笼着火烧尽。孩子们见灯笼着火了，大哭不已，非常伤心，大人笑着百般安慰孩子：别哭别哭，灯笼烧了就表示你又长大了一岁啊，明年会有个更好看的灯笼。

孩子们在新年第一次经受了一种类似人生的小小挫折。这也算是一种挫折教育。是啊，过了年了，长大了一岁。成长哪儿能少得了眼泪和伤心啊！

成年人年过完了，心也收了，该忙一年的生计了。

平常的日子如果还弄得像过年一样，别人会责问：你这样弄是过年吗？

现在许多地方为了旅游，一年到头不年不节也都张灯结彩地，在从前，认为这不是正经人家过日子的做法。如果一个家庭这么做，不仅容易使家人子弟滋生娇惰奢靡之心，甚至还被认为不祥。

但是，过年时候欢欢喜喜贴的春联、大福字黯淡了、被风吹破了，在春风中窸窸窣窣地，有的半拉都掉了。你粘也不是，不粘也不是——不粘吧，上面都是吉祥话，那么隆重地贴的福字，摇摇欲坠，你能把吉祥话和福都撕了扔了？粘吧，吉祥旧了，福破了，能把破的再粘上去？

如此种种，心里总有点忐忑，纠结！

南方人不嫌麻烦，也讲究，常年换新对联。到南方的乡村走走，许多人家，常年门口对联总是通红崭新，显露出主人对过日子的心劲儿。总是覆盖新对联，这就是不忍心让吉祥的祝福破了、旧了，更不忍心给撕掉扔了。

怎么办？

有办法，神理设教，敦风化俗，前人创造了一个节日：燎疳节。

每年正月二十三，整个西北地区大多数地方过这个节日，据说宁夏、甘肃、陕西、山西等部分市县都过。陕西蒲城县也过，但我家所在附近的乡镇似乎没过过。我觉得这是个很好的节日，应该过，应该学过来。

闹元宵的社火该收拾起来了，像南方人赛完龙舟要郑重地将龙舟收起来一样——在正月二十三这一天，要祭神，社火卸装，所有的社火道具，要交回社火头儿封存，社火队的人员各自做自己日常事。

"燎疳"——传说"疳"是一种十分顽固的病毒，只有用火烧燎，才能驱毒灭病。这一天，每家每户都要在门前堆柴火，夜幕降临，点柴起火，大人小孩从火堆上蹦跳穿越，像南方有的地方将木炭烧红铺在地上，年轻男子光脚飞驰踩踏而过一样，以求去晦气，祈康泰，表示年已经真正过完，心情做最后一次火焰似的释放，仪式感很强。

"燎疳"的柴火，用干蒿草、庄稼秸秆，重要的是，每家每户将过年时精心郑重张贴的春联、福字、门神，等等，又郑重地揭下来，放到火上烧掉，做一个完美的了结。将墙面重新收拾干净，不留痕迹。

用郑重的仪式，烧掉了春联、福字、门神等，人不再忐忑纠结了，心态平复如初。

江河万古，日月轮流，生生不息……

2018 年 2 月 27 日（正月十二）

清明节咱不用再讨论该不该祭祖了好不好？

　　清明节前，我在浙江上大学的侄儿早早地给我发短信请假，说自己学业紧张，时间又仓促，今年不能专程回陕西老家上坟。我给他回短信，说："能早早地主动请假，说明心里有祖先，这就如同祭祖了，类似古人的式祭。"

　　我老家是整个家族成员一起上坟的，所以才对孩子们有这些影响，到了清明节前，实在回不去的，会请假。

　　临近清明节，连续接到一家电视台、两个网络视频的采访邀请，内容是：谈清明节。

　　好吧。谈什么？请给一个采访提纲。

　　没、没有什么，就是谈谈清明节的起源、清明节的风俗礼仪……

　　那就别采访了。这个不用谈。凡是能百度到的，咱都别谈好不好？其实谈了也没人愿意看，人家一百度就什么都明白了。

我是一个很好合作的人，何况还是干媒体出身，特别能体谅媒体人的辛苦。

但是，却也很重视媒体选题的策划、采访前期的功课、准备工作。基本的观点是，要带着问题采访。

比如清明节，咱遇到什么问题什么困惑了？深圳这个移民城市，五方杂处，原有风俗各异，实施不便，祖先坟茔都在老家，不是人人都方便回去亲临展祭的，怎么办？网络祭祀行不行？微信扫墓行不行？等等。

其实，数年前，我曾写过一篇文字，谈清明节网络祭祖。我给那些因为工作或别的原因，走不开、离不开深圳，不能亲自回到老家祭扫先茔的人，从"礼之用，和为贵"出发，以"从宜"为尺度，解释网络祭祀，可等同于古人的"式墓""式祭"。

鄙意以为，凡是能回老家祭祖的，都应该尽量返乡。网络祭祀、微信祭祀，等等，这些不过是"势之所宜"，不得已的兑换。前提必须是你实在走不开，不能亲自到祖先坟茔祭扫，而不是成为一个人简慢、怠惰逃避祭祀的理由。

清明节之初，大致是以中原地域气候为主要参照而设——经过一个冬天，人可以外出享受春天的阳光了，而雨季随后来临，需要检视一下祖先安葬之地，是否因冬天积雪融化后有所冲毁？是否因蛇鼠狐狼打洞做窝有所损坏？泯平者，稍填饰之，损坏者，修缮之。

这些行为，就需要有礼仪的规范，带有强制性质，是以日久成俗。陕西乡下至今将清明节戏称"修先人"，即修缮先人的坟茔。你不到现场，如何能修？尽管容许你望风式祭，但毕竟做不到"修先人"。

礼主诚，祭如在。心到神知，祭必以诚，不诚，鬼神不享。

前些日子，一位堂姑去世，按照礼节，作为娘家侄儿，我和堂兄弟们，凡是分立门户过日子的，都应该郑重其事地抬一桌祭席（九碗，俗称抬饭）去。我在家族微信群中说，能去致祭的尽量去，人在外地无法赶回的，委托他人致祭，事后要亲自上门吊慰。尤其是置办祭席，应遵照旧习，各家主妇亲自操办，不要图省事，到商店去买那种现成的食品再组合——近年乡下风俗颓坏，有懒惰主妇以白糖、方便面等代替祭席，从实用角度说，白糖等对事主来说更实惠，事后能用，而祭席则难保存，但是，就因为你太省事，不但不好看，更不能显示诚意，钱照样花了，但看上去很敷衍。这个，多数人是不懂，并不是故意这样做，所以需要明确指出来。

这不是拘泥，而是敬诚。并非看重物质价值，而是见其心意。旧时，某人至穷，父母丧，什么也没有，唯有痛哭哀毁不已，也同样落一个孝子的贤名。此正所谓"与其易也，宁戚"。

"礼从宜"，是礼之所设，近人情。而人情不能因为礼仪可以变通，就想方设法去变通，图自己方便。这就恰恰坏礼害俗了。

2017 年 3 月 30 日

"祖宗虽远，祭祀不可不诚"

——兼议网络祭祀

　　"慎终追远，民德归厚矣！"——祭祀之事，正如冰心先生早年对小读者所说："清明扫墓，虽不焚化纸钱，也可训练小孩子一种恭肃静默的对先人的敬礼。"可以说，扫墓祭祖，是最强大的行为教育。

　　阳春三月，万物荣发，人们于清明时节，携带祭品，前往祖先坟茔展省祭扫，化纸烧香，培土植树，表达对祖先的怀念和感恩。在人的视觉里，缕缕香烟，袅袅升腾，从有化为无，飞向飘渺的天空，仿佛能将人绵绵的孝思，传递到另外一个时空。这里有个常识：焚化纸钱，绝对不是纸未发明之前的古人比如先秦人发明的，但为什么后世的人会选择或者说增添这种焚香烧纸的行为？因为这种行为和方式，最能让人寄托感情，是人表达祭祀礼仪最恰当的门径。中国丧祭之礼，有这个规律和机制：根据礼的旨意增添新的方式和载体。就是说，方式和载体虽然非先秦之事物，但却是先秦的思想。

由于祭祖，敦睦亲族，让人在血缘的感召下，能够见面交流，在感念祖先功德的同时，刷新彼此的情感。此真所谓中华美俗——古人早就认识到这对国家的重要，士大夫就有"治隆于上，俗美于下""美政不如美俗"的治世理想。

所以，将深厚博大的中华文化稀释成浅近易行的行为，《朱子治家格言》中说："祖宗虽远，祭祀不可不诚"，可见清明祭祀的重要。

孝子事亲，"出必告，返必面"，古人待死若生，故有远行，必先辞坟，就是告别，同时视察先茔是否完好，有没有遭雨水冲毁和动物的破坏，等等，此时必哭着离开，因为前路遥远，此一去，关山万里，世事难料，是否能再回到故乡，还不知道，所以内心惶惑忧惧，是以落泪；及其安然返回，又去祖先坟茔展省，等于是汇报，感念祖先护佑，安然回到故乡，此时不哭。这就是《礼记·檀弓下》所说："去国则哭于墓而后行，反其国不哭，展墓而入。"东汉班超，为国守护西域，他年迈思乡心切，给朝廷上疏，不敢直接说要求调回来，只说"臣不敢望到酒泉郡，但愿生入玉门关"，要求派自己的儿子班勇代自己回去述职朝贡，"及臣生在，令勇目见中土"，就是替自己回去祭奠祖先的坟茔。此疏读来如惊沙扑面、利镞穿骨那么感人。

中国地域辽阔，各地清明风俗不同，但文化主旨没有区别；世异时移，数千年风俗变化损益，其主旨也没有变化。礼主诚敬，考诸往史，国家层面对祭祀有着宏观调控的职能：当世风浇薄，人心刻毒之世，必然隆礼厚祀，使民风淳化；而当人心崇尚奢靡，以致失仪而淫祭滥祀，又必然倡导简祀省祭，使民心归朴。春风化雨，润物无声。

当今之世，传统文化浸没已久，似应适当提倡隆礼厚祀，将人们荒芜的内心，拉回到传统的礼仪轨迹上来。现代城市人，多数都家在外地，清明节放假，许多人会千里跋涉回乡扫墓。但是，仍然有许多人，由于各种原因，比如路远、工作忙走不开等，无法年年清明回老家扫墓祭祖，于是逐步发明了许多现代寄托孝思的办法，如鲜花祭扫、网上祭扫、微信二维码祭扫，等等。这也很值得赞美。如果给这种祭祀寻找一个古老的文化依据和礼仪逻辑的话，就应该类似古人的"式墓"——古人所乘之车，除战车外，车上有一个安装在前面的横木，方便乘车人抓扶，这就是轼，通"式"。《礼》云："入里必式。"意思是说，你坐着车子到了自己的城邑，见到乡亲父老，因为不方便一个个行礼，但要站起来，手扶着横木即轼，向大家行注目礼。这个式，也是行礼的一种方式。古人身在外地，不能于清明节亲自祭扫先茔，但是，会冲着故乡祖先坟茔的方向，内心充满诚敬，这就是式墓，式墓之诚，等于亲自到坟墓前祭扫一样，如代马依风——相传代地所产的马，站立的时候，头必然向着自己老家的方向，迎着从故乡吹来的风。

"礼从宜，使从俗"——中华伟大的祖先，制礼作乐，其严密整饬，不仅在于能曲尽人情，更在于能察微得情，圆融变通。这给了今天不能亲自到祖先坟茔前祭扫的城市人以文化礼仪依据，人们因此能感受到中华先贤的通达与体贴。

国家近年于清明节放假，正是认识到了上述作用和意义。我中华文化，数千年历经陵夷、饱受摧残，却因为礼仪典章存焉，也总能在几近消亡的边缘，神奇而顽强地修复与重新振起。其中必有贤异卓越之士的不懈努力。在当下，国家能在清明节放假，有识之士必然是做出了常人所看不到的努力的。

2014 年 3 月 24 日

女性上坟，正是"礼从宜"

陕西关中清明节仍然遵守"女不上坟"的旧例，但是，女人去上坟扫墓，也不会有人议论，更不会有非议，这说明风俗在变。

关中常言有云："女儿不上坟，娘家绝了门。"这话从前也是自省的、心照不宣的，不能公开说出口，怕伤其他人的心，有失仁义，对睦邻友善不利。

通常，一般稍微老派的家庭，出嫁的女子即便清明节来娘家，也是仅到家里坐坐，吃顿饭，表示来过了，不跟着父兄弟侄等到祖先的坟茔去祭扫。从前清明节有庙祭，即到祠堂祭祖，男的祭完，女的祭。后来祠堂都被拆了，庙祭就废了。但女子庙祭也是本家女性成员祭，出嫁的女子是客人，不祭。

每到清明节，见有女人上坟的，其他人见了，一般缄默不语，更不会指点评论，有失厚道；而上坟的女人，见了别家男丁成群结队地上坟，神情明显会落窄，彼此打招呼也显得较平常生分了。我从前每遇此情景，必内心不安，甚至不忍心看对方的表情。

我的三祖父，只有四个女儿。每到清明节，三祖父的四个女儿，就来娘家走一下，亲自给三祖父、三祖母上坟。而其他堂祖父的女儿则从来不在清明节这一天到娘家来。三祖父的四个女儿认了我祖父和七祖父这两门，即成了跟我祖父、七祖父这一门"走"着的亲戚，即她们家的婚丧嫁娶各种事儿，凡是娘家承担的角色，都由我祖父和七祖父两家人承担。就是说，我祖父和七祖父的子孙，同时要在清明节给我三祖父、三祖母上坟扫墓。但是，我那四个堂姑仍然坚持每年来给自己父母上坟。这几个堂姑跟我祖父、祖母的感情非常好，却在清明节这天，只给三祖父、三祖母上坟，不到我祖父、祖母的坟上去祭拜。在我七祖父去世安葬的那天，老姐妹才有机会到娘家坟地，相互挽着手，说："走，到伯坟上去哭两声儿"，等于是给我祖父打个招呼。这说明，她们严格遵守着"女不上坟"的风俗。

"女不上坟"在我们家是绝对禁止说出口的，就是怕不留神伤害到我的几个堂姑，使本来好好的关系，见外了。现在，堂姑们年龄大了，我们仍然每年清明节这天把她们接来，不让她们到坟地去了，由我们代为祭扫。祭如在，信则有，礼主诚敬，意思到了。

全国各地，至今遵守此旧俗的地区有很多。有的地方，如考察深圳本地旧居民，清明祭祖，妇女不入祠堂，只在祠堂外面场地焚拜。亦此俗也。

不少人见"女不上坟"一说，有愤怒的，这可以理解。但是，女人上坟祭祖，别说今天已不是问题，就是从前，也有。并非大江南北，全都有此习俗。所以，今天的人用"打破""挑战""颠覆"甚至用"打倒"这么狠的词儿，表达对"女不上坟"旧习俗的不认可、不接受，我认为是没必要的，不必这么用力过猛。女性应该去上坟祭祖，这不必再论证。你去就是了，法律不管，舆论不管，干吗要那么恶狠狠地甩词儿？

前人既有此习俗，相信不是为了故意与人为难，必然有它的诸多原因。考诸旧籍，我孤陋寡闻，"女不上坟"一说，似不见明文禁止。想必曰"礼不下庶人"——礼原本就不是为庶人所制定的，因为执行礼，需要较高的成本，庶人承担不起，亦无此条件。礼为士大夫而设置，士大夫上有所为，庶人下必靡然风从。就是说，庶人根据自己的条件，因地制宜地、有条件地、部分地、变异地模仿士大夫就可以了。这正是往圣前贤的高明之处，给了庶人以较大的自由，却深知人有崇善向化之心。"礼由义起"，发自人心，而"礼者，宜也"（《荀子》），宜者，差异也。礼贵有差异。"礼从宜"——经过模仿和变化了的礼，成为各地有差异的风俗。

"女不上坟"既不可考于往籍，似可循情而追溯之："古不墓祭"，起止朝代至今仍有论争，至少可说明，古人曾经不一定非要到坟墓去祭扫，这正说明礼从宜，亦可证明风俗流变。后来流行墓祭，今即以墓祭言之：祭必以诚，在纯农业时代，男丁外出墓祭，较女性方便。黄河流域地区，至清明，天气尚寒冷，野外尤甚。妇女外出不方便。加之，农村习惯，多于春节前娶亲——这是因为倘若新妇即此坐胎，等孩子出生，正值麦子收获不久，秋粮在望，在粮食紧缺的年代，产妇和婴儿都有了起码的食物保障。产妇有粮，自然有利于产乳；即便产乳不丰，而麦子磨面熬煮而成麦脂、谷类碾磨成米熬煮而成米脂，取代或补充乳汁，也足以活人。所以春节前娶亲，约定俗成，有其道理。

而新妇若春节前怀孕，至清明不远，显然有保胎的任务，此时妊娠之事，私密不予人言说，仅向娘家母亲私下讨教，不到有十分把握也不敢对婆母说——倘若中间出现差池，恐外人讥笑甚至歧视，阖家以为不祥。如此，若妇女外出扫墓，跪拜低昂，势必容易暴露，又或容易被风寒侵袭。为保护新妇起见，慢慢地不让所有妇女外出扫墓。这正是"女不上坟"的实质性原因。但是，如果把这道理讲给庶人听，庶人接受道理远不及接受因果报应、鬼神警诫有效果，于是各种传说禁忌就出现了，目的是帮助人们接受这一规矩。

"女不上坟"一说，其所产生的对民众生活的影响，远不止上述一端。它无形的综合压力，无疑对生生不息产生过积极的促进作用，也无疑有执行过程中，对无辜者的误伤。

看前人的风俗，应当曲尽其情，每一样风俗禁忌，都是敦风厚俗、成教化的一种方式，针对的对象不同，就产生了不同的效果。

今天，女性上坟，正是"礼从宜"，也是"礼之用，和为贵"。今天如果生硬地坚持"女不上坟"，则恰恰是违背"礼由义起"与"和为贵"，是坏礼害俗的。

这样理解"女不上坟"说，就不必用"打破""挑战""颠覆"甚至"打倒"这么狠的词儿。前贤有言：对历史，要有温情。即怀着温情去理解，带着礼的原则交给你的方式，去从宜地小心变化即可。

2015 年 3 月 24 日

放饭

有个成语"放饭流歠",说的是为父母守孝三年,三年期间不能大口吃饭、大口喝汤,即守孝期间不能吃得没心没肺的,要神情端庄,端起饭碗就想起父母的恩德,别那么没文化、没教养。这当然是很高的要求,您不一定能做到,做不到,但认同这个意思,就行了。那是不是三年以后,就可以大吃大喝了?别那么死心眼儿啊!三年以后,您就养成习惯了嘛,吃饭就有很好的吃相了嘛。

不过,在陕西话里,"放饭"还有另外一个意思:舍饭。就是有钱人家,做慈善,在街头盘几口大锅,做饭给那些没饭吃的人吃,不要钱。过去闹灾,并不是把赈灾的事儿全都推给官府,官府当然要赈济,必须的。除此之外,还有民赈,主要靠乡绅、大户人家承担。过去皇权不下县,县令就是皇权的代言人而已,主要工作还是由以士绅大户为主的宗族力量,实行基层自治,公务员很少，也不忙。苏轼被贬到黄州，见当地有关于管粮食的官的两句诗："官闲无一事，蝴蝶阶上飞。"大为称赏，认为深得雅致。所以，那时候闹灾，灾民哪怕恨天怨地，也不太抱怨官府，至少不把所有责任都归于官府、指望官府，因为官府平常就没有大包大揽，没有说自己是万能的。但是，闹灾了，很多人没有饭吃，没有饭吃就很容易放弃文明礼仪、放弃本分规矩，就会去闹事——当生存成了最高目标，人跟动物就区别不大了。怎么办？古人设计了一个规矩，叫"凶礼"，即邻居、邻国有了灾难，必须主动伸手援助，这不单单是为受灾者考虑，更是为自己的安全考虑。你想想：你不给，还等他们来抢吗？要是抢，可就没那么有板有眼了。所以，要主动去送，行所谓"凶礼"。

过去说过，关中旧风俗：清明女不上坟。至今在一些地方还守着这个风俗。但是，新媳妇过门，要上一次坟，即认祖宗。这个风俗来源于古代结婚礼俗，完成"六礼"后，"庙见"——男女婚姻，经过纳采、问名、纳吉、纳征、请期、迎亲，完婚后，丈夫认为新媳妇没问题，就可以带着她去祠堂拜祖先，就是承认了这个女人的合法性。有的人家不一定有祠堂，就去坟地给祖宗烧纸，告慰。

有个戏可以佐证——秦腔《牧羊圈·放饭》，说的是朱春登被骗，替父从军立下战功，封侯还乡。可是，他的母亲和媳妇却被他的婶子逼到山里放羊去了。朱春登衣锦还乡，找不到母亲妻子，还以为她们都死了，十分伤心，就在自己家的祖坟，搭起锅灶，放饭给路过的穷人吃，别人吃了他的饭对他感激，会说赞美他祖先的话。过去的官员就是这么高调，老百姓很羡慕、很景仰，没人觉得有什么不妥，更没人妒忌。朱春登的母亲和媳妇两个人饿得不行，听见山下有鼓乐，搀扶着过去一看，媳妇对婆婆说：怎么有人在咱家坟地放饭？

这就说明，朱春登的媳妇是认得自家祖坟的，她至少上过一次坟。别人在自家坟地放饭，这让朱母很生气，她气得把碗摔了。这一摔，引起旁人的注意，也引起朱春登的注意，就这样，母子夫妻相认团圆了。

2011 年 4 月 21 日于武汉

六十四杠

山西六十四杠，日前又有视频传于网络，朋友圈议论纷纷。

庶人出殡用六十四杠，在清朝则越制，今既无制，不为越。

有人说过分，其实于今日情形，不算过分，"事死之礼当优于事生"。

移风易俗莫善于乐者也，正是炫耀死者的哀荣，让人觉得人活一生不容易，应到头来能有资格享此哀荣。这种进三步退两步，进退徘徊，一方面是好看、整齐；一方面是寄托哀思，有哀哀不舍之意。

宋代吕大防、大临诸兄弟，于乡邑本族依古礼治丧，初，人以为迂远而讪笑之。后竞相仿效……盖未临丧者不以为然，及其丧亲，始觉不以此礼治丧，则未能尽哀，由是，渐成关中礼俗……至今犹有遗存。

有云死者生前当尽孝，死后隆重治丧，太虚假云云。

此正拘腐之说——假如父母生前，子女尽孝未足，及亲丧，儿女幡然痛悔，以隆厚治丧之礼，弥补生时之未足孝顺，有何不可？父母以其身之死，对子女做最后一次教化，而你却拘禁于生前之孝云云，剥夺之，鄙夷之，才是残忍不仁。前人有云：奠焚之礼，貌似超度死者，其实是超度生者。当于此处理解。

而生前尽孝，强于死后穿孝之说，警诫后来则可；责备当时，不可。

至于杠夫所唱之曲，有时歌、红歌、民歌等，皆节奏与步伐相合，非此则脚步凌乱，六十四人，乱必踩踏仆倒。

曲子之词多不与葬礼相谐，此正乐坏之故。今关中民间丧祭用乐，亦多失礼。主人如不特别要求，则乐人极易任性乱吹奏、闹出笑话。有些家族治丧，乐队胡闹，甚至有隆冬时节，乐人脱光上衣，疯狂演奏，观者以为很卖力。将礼乐之事，沦落为浅薄娱乐，而主人家族及亲友，没文化，不懂，非但看不出来，不以为亵渎，反以为荣耀。

然而，看山西六十四杠抬出殡这些杠夫，皆拙朴农民，唱时歌红歌，其词并不走心，而声发于外，相和成韵，倒有此类"时""红"没有的效果，亦足烘托气氛，唯识者闻之怪异，不影响丧家之哀，本乡亲邻犹以为厚隆。

自古，礼俗奢靡，则示之以俭；风气恶薄，则济之以厚隆。今正恶薄之时，矫枉过正，以旧时越制之礼，拯救几近浸没之风俗，似可。

幺婆子

收到西安资深教师黄先生的微信：许兄，春节好，在深圳一陕西老乡问字难住了我，请教于你：陕西常把继母叫姚婆子，姚字对吗？

复曰：不是姚婆子，是幺婆子。幺：小的意思。指男子后续的妻子、孩子的后妈。但这种称呼是人背后私下的叫法，或笼统的叫法，也有当后妈的人自谦自称。通常指旧时狭隘狠毒，对先妻子女苛虐的低素质女人，旧时俗话说："幺婆打娃不心疼，黑里掐来白日拧。一天无事打三顿，不是鞭子就是棍……"

戏曲舞台上对恶后妈皆呈程式化夸张表现，幺婆子都由彩旦扮演，跟监狱里的禁婆一样，恶毒刁横，人前背后两张脸皮，典型的比如渭南人李芳桂编剧的《春秋配》中的后妈，虐待前房留下的女儿姜秋莲，逼迫她带着病体去捡柴，还说耽误了自己吃斋念佛的时辰了。

从前妇人多不读书，生活又艰苦，乡下人见识鄙陋，穷生奸计，必心胸狭窄。这种妇人的确有。但也不常见，毕竟是宗族和舆论的力量不允许的，之所以通过舞台夸张塑造，就是警告教化民众，不要当这种人。

　　从前的女人，当了人家的后妈，心地善良的人尤其很注意，不要像个传说中的幺婆子。会格外注意自己待人接物尤其是对待前房孩子的态度。尽管这样，自己也常常自谦：我是个幺婆儿如何如何，自卑尊人，反而更能赢得别人的欣赏和尊重。

　　但是，幺婆子、幺娘，等等，毕竟从某种意思上说，是带有批评、偏见和歧视的说法，也可能由于这个原因，语音上也不好听。因此，尽量不要当着别人的面称人为幺婆子、幺娘。自家人尤其是晚辈，绝不能说这个词。尽量回避这个词，也尽量不谈论这个话题。

　　孩子称呼后妈，按照我们那里的习惯，通常称娘。你一听某某将妈称娘，就知道多半是后妈，为什么说多半？因为还有别的情况。

　　至于现在，恶后妈即幺婆子，不敢说完全没有，的确极其少见了，反正我都没听说过。我认识几个再婚女子，对前房所生子女好得很，彼此关系极好。这些女子天性淳善，也很会惜福，为人处事有智慧。

　　从前也有极好的后妈，戏曲里典型的就是逃难途中，后妈背着前房留下的大孩子，手里拖着自己亲生的小孩子，被乱兵或路人看见，以为怪异，询问以后才明白，遂感其大义，使一方乡亲得活的故事。评剧有一出戏《包公三勘蝴蝶梦》，我最爱听鲜灵霞的那段"可说是儿啊儿啊事到如今为娘我是不得不说不得不讲……"——兄弟三人闯祸了，后妈不得已，决定让亲生儿子去替哥哥抵命，为的是保住前房的儿子。这一段戏非常动人。

现实中的好后妈也很多，我们村就有非常好的后妈。老太太抚育前房子女，非常尽心，吃苦耐劳，以女人的力量支撑起一个家，对待前房儿女，甚至厚于自己所生，很受一方人称赞。至老，德高望重，及逝，子女隆礼厚葬，娘家人觉得很有面子。多年后，村里还流传她的美德懿行。

我的一位表婶对前房留下的儿子比对自己生的儿子还好，新衣服先给前房的孩子穿，自己生的孩子一直穿旧的。前房儿子大学毕业，对后妈特别好。不准人说那是后妈。

我远房本家八奶奶，1942年从河南逃荒到关中，嫁给丧偶的八爷，对前房留下的女儿特别好，八奶奶为人善良勤劳，她一生都在帮助别人、做好事，至今好多人都念她的好。晚年常被女儿接去长住，女儿家的生活好，外孙们极孝。八奶奶有一次闲聊，话赶话说我其实不是你们的亲外婆，我是你妈的幺娘……外孙外孙女们闻言大为生气，都哭了：您不说，我们咋知道！谁让您这么说！

2018 年 2 月 22 日（正月初七）整理

骂天止雨

大雨几乎不间断地下了近两天！

院子里非低洼处，也水浸车门了。小巷积水成渊，附近小区的脏水外流，某女子惊见水上浮"翔"，呕吐不止……

如此大雨，在从前必为灾害，想象墙倒房塌，鳏寡孤独之人望天心悲，至夜尤甚，其状惨矣！"泪珠儿不由得胸前淌，人心上有了事只显夜长……"

南方夏天暴雨，常内涝。市民埋怨市政排水工程跟不上。官员承诺，今后如何如何云云，市民闻言稍安，来年复如是。

其实，一个地区的内涝，并非靠市政工程就一定能解决。无雨则旱，有雨便涝，气候地势使然，古籍所载旧谚："三日天晴来报旱，一声雷发便撑船。"

民不可过分奢求，官不必过度承诺。

吾乡关中，地理气候使然，年年有秋霖，至数十天淅沥不停，房屋倒塌歪斜者屡见，人苦秋霖已极，历史上，秋霖甚至威胁朝廷安全。（见《桃花扇底看前朝》之《古代如何阻止谣诼》）

所以，关中农村人，有钱就盖房，以至形成盖房是人生最大的事。一个人，一生在他手里没盖过房，到老，人说：这人一辈子没弄过啥。这句话，就是对此人的否定。

秋霖，有的年份长，有的年份短。长则数十日，阴雨连绵，往常旱地皆变为水田，眼看种麦子时机将过而不能下地，农人内心焦灼，长吁短叹。

雨水不下润，还导致地下盐碱水泛起，耕种失时不说，屋基湿软，人乏蔬菜，畜无干草，甚至果园亦因盐碱泛起浸泡而树死园毁。

有些出于好心的工程，也因调研不到位，急于图一时眼前之利，导致了上游排水不畅，土地盐碱化。

无论是谁，不遵循自然，就是逆天。民国时期，水利专家李仪祉先生主持修水利工程，工程在蒲城设址，却不引洛河、渭河水灌溉自己的老家蒲城，原因就是当时没有给水找到出口，水不能只有入口没有出路。

小时候，逢秋霖，到别家串门，见几乎家家院庭（外地人称天井）里，雨水滴滴答答，水清澈见底，徐徐顺着水道往外流。而院庭中央，竖立着一根洗衣服捶布用的木棒槌。这是一个风俗：以棒槌咒骂雨天。人们相信：这样咒骂，就能让老天知羞而止雨。

此风今日不见。其实不只是现代人不迷信了，而且是现代人不相信谁能被羞辱得了了。

前些年，老家农田因排水不成越来越盐碱化，有些地方村民房屋地基因长期浸泡而湿软。我的朋友，一对做实业的夫妻，不愿透露姓名，发愿一生要造一百零八座桥，让我给这些桥取同一个名字，我先让他们给我老家修了一座桥，将原先淤塞的排碱渠的小桥拆了，重新修大，等挖开小桥，上游的水一下子倾泻一般，水位下降了近一米！长期的淤积浸泡，原先的桥基就不坚实，重新修，拉了几车石料都填不满。桥修好了，桥面朴实，望之通常如无桥，近观则内部坚实稳固，桥洞高，人能直立其中，进行清淤。

桥名"俊惠桥"。迄今我分别请罗烈杰、李静、于延丰、宁树恒、谷卿、叶雪庵、毛进睿等先生题写桥名。

2016 年 10 月 20 日

人情

最好的风水是人品

在我记忆中，父亲不止一次说过这个故事。

话题先是从清明说起，自然地说到了风水。说到风水一类话题，气氛就显得神秘起来，人也茫然起来，抬首往村外望去，麦苗青、菜花黄，田畴连绵，让人有一种旷远而神秘的无助感。

于是，父亲就开始讲故事了。

从前，有一户人家，请风水先生给父母看坟地。

主人与风水先生往村南，边走边聊。

此时正值杏子黄熟，行至离主人家的地不远处时，主人突然停住脚步说："先生，咱们不往南走了，先到村西地里看看。"

风水先生问："为什么？"

主人说："我家村南地里有几棵杏树，树上有一窝斑斑（方言，即斑鸠），你看南边杏林上斑斑乱飞，怕是有娃在摘（偷）杏儿呢。咱们这下过去，娃们一骇怕（方言，即受惊吓），从树上掉下来摔着了咋办呢？"

风水先生将罗盘一合，放入褡裢，向主人一抱拳："主人家，你这坟地不用看了，埋到阿哒（方言，即哪儿）都是风水宝地，子孙必贤。"

父亲说完这个故事，原本有点沉静的场面一下子活跃起来了。

父亲有点得意。

昨天，叶柏晖先生给我讲了另外一个有关风水的故事。

从前有位风水先生，进山寻找风水宝地，在山里走了几天几夜，迷了路，又饥又渴，疲惫万分。最后他终于从山上转出来，走到山下一个村子，见一户农家柴门开着，就气喘吁吁地过去叩门。

一农妇正在忙家务，见风水先生叩门，就将他让了进去。

风水先生问："大嫂，能不能讨碗水喝？"

村妇用葫芦瓢舀了一瓢水，正要递给他，又问了声："你怎么气喘吁吁的？"

风水先生说："在山里迷了路，又急又累，又饥又渴，嗓子眼儿都冒烟了。"

村妇转身从身边的草料筐里抓了一把喂驴的干草，扔到瓢里，将水瓢递给风水先生："给你。"

风水先生觉得受了莫大的侮辱，但是，面对一瓢水，饥渴交加的他还是接过来，慢慢地吹着干草，小心地喝了起来。

风水先生在这户农家住了几天，农妇一家待他十分周到热情，确是一户淳朴善良的人家。

风水先生在附近看中了两块风水宝地，临告辞，他为感谢农家的招待，想报答，但因心中对那把干草耿耿于怀，就将次一点的那块地指给农家看："这是块风水宝地，将先人葬于此，家必兴旺。"

十多年过去了，双方未通音信。后来，风水先生又一次路过该地，见一户深宅大院的人家正在办喜事，一问，方知是本地最大的富户。风水先生上门，见大户人家的主妇，正是当年招待自己的那位农妇，那农妇已成了阔老太太。

老太太对风水先生当年的指点十分感激，宾主晤谈极欢。风水先生忍不住问："大嫂，当年刚一见面，您为何待我那么刻薄，给我的水瓢里撒了一把干草？"

妇人一愣，继而大笑："先生误会了，您不是气喘吁吁，说自己几天又饥又渴，嗓子都冒烟了吗？我把水瓢直接递给您，您要是大口地喝凉水，那不容易把肺喝炸了？我给水里撒点东西，是为了让您慢慢地小口喝。"话未了，风水先生已泪流满面。

风水先生姓邵，名雍，世称百源先生，北宋理学家。

不轻易更置老屋（外二则）

早起读书，有云：刘伯温善相地，尝过吴门，见人择时起屋，赞其上梁日时大吉，复又叹其福不久也。或问其故，答：此上梁时日固大吉，主富贵，而其屋陋，仅数椽而已，如此贫家，骤富必复更置此屋，则旺气必泄也。

后果旋富，积财百万，亦果拆旧屋更建豪奢，未几，败，复贫如初。

（一）戒奢

思先祖母在时，屡教儿孙曰：先人坟墓有因彼时之势而简葬，冥庭有未以砖券（乡俗以砖箍墓暗庭为隆重）者，后人万不可"打动"，若子孙擅自增添砖石侈僭改葬，至于移骸，扰之不孝，迁之不吉。先祖母再三叮嘱："我看这些年，你们安安宁宁的，都是先人埋的穴好。不要胡打动，小心把陵里的气走了。"又举例告诫：某人擅自开先祖坟茔，气泄而家败。

先祖母常对子侄媳妇辈说积善故事，如：某人先祖多行仁善，积福于后人，至其孙殿试，卷中一字缺一笔点，帝亲阅其卷，见此字一点黑凸，乃一黑豆虫紧伏纸上，拂之不能去，诘之生员，略述家事，又咨诸父母官，云其先有德行善举，帝乃曰：此天佑积善者后也，当旌之，赦其撮卷之误，点魁元。

先祖母又常引俗语，劝人知足云："命是命，蒜窝不得成瓮。"

出嫁侄女即我那些姑姑们，有来娘家哭诉日子贫窘不好挨过，周之布粮之外，又劝曰："谁的日子有多好嘛，都是慢慢暖哩么，慢慢把娃暖大了就对了……"

（二）婆媳

祖母八十多岁高龄，一日于村外路边，被一飞驰而来的摩托车挂倒，骑车的是一年轻人，冒冒失失，见老人被挂到，吓懵，不下车——他应该是在头脑中飞快地思想纠结：到底是扶还是逃……

祖母于尘埃中强支撑起身，向骑车的年轻人挥手：

"娃呀，你赶紧走！赶紧走！我屋里人多，等一下他们来了，小心你走不利了。"

年轻人闻言，如梦方醒，骑车飞驰而去。

关中俗语："门背后栽权把，娶下媳妇像阿家（婆婆）。"

数年前，母亲一日在深圳小区，被一辆面包车拐弯时挂倒，她自己爬起身，强忍腿疼，司机问怎么样？她说不要紧不要紧。好像自己做错了什么事，赶紧走开。腿疼数月，不告诉家人。后来说起，她说："我嫌人看哩！人家车不是故意的，你不赶紧起来走，躺到地上惹得一群人看，难看得……"

2017 年 1 月 15 日

陕西人为什么不会说谢谢你

　　陕西画家陆先生的亲戚在外省工作，陆画家搬新家，大舅子派车从千里之外送了一套红木家具，最让画家高兴的是那张仿明式大画案。陆画家打电话给大舅子，满口陕西话："大哥，你看你！你咋弄哈（下）这事嘛！哎呀！你看你这人，真是……"

　　对方误解了，生气了，将电话挂了。半日后，画家岳母打电话来责问："你这人咋回事儿？你大哥费了牛大的劲儿给你弄了一套家具，你还不高兴？"

　　陆画家慌忙解释，哭笑不得："我高兴我高兴！我打电话给大哥，就说是太那啥……费心了……"到底没有说出一句"谢谢"。

　　我们陕西关中方言是没有"谢谢"这两个字的，即没有面对面用陕西话说："谢谢你！"

　　生活中对人说"谢谢"，就像唱戏一样。

　　用陕西话说"谢谢你"或者"多谢"，听上去分别如普通话的读音："歇歇腻"和"朵歇"，很像是秦腔戏里的路遇情节或者才子佳人之间的应答。生活中这么说，显得很滑稽。更主要的是，显得很假。

陕西话"谢谢"这两个字，如普通话之"歇歇"发音，头一个谢字读一声，第二个读轻声，陕西人发这两个音，口腔鼻腔咽腔器官夯得不够瓷实，声音虚飘、轻巧，有违秦声之精神，因而不取。也许是要向对方表达谢意，应该用最瓷实的发音才显得诚恳，既然秦声没有相应的音，就慢慢不说了。选择语言表达的过程，实际上是塑造地域性格或者说形成地域文化的过程。

陕西人不会说"谢谢你"，当然有表达谢意的方式——

男女婚嫁，礼成后，有隆重的谢媒仪式，别的桌是九个菜，给媒人席上十个菜，叫"十全"。新郎新娘举着酒杯，斟满，恭恭敬敬走到媒人面前，司仪高声喊："谢媒哩！"媒人接过酒杯，自饮，也可以请人代饮。三杯过后，分别是新郎新娘的父母代表家人亲友谢媒。最后，媒人打趣儿："媳妇娶过房，媒人撂（或撅）过墙！好好过你的日子吧！"

我父亲懂医，给很多人看过病，每到逢年过节，方圆几十里总有人拿着点心盒子或者烟酒上门来，我们那儿把这叫：看先生。看先生就是谢先生。但谢不说谢，说看。类似还有看匠人——请匠人盖房或者为老人做寿材，亲友要上门看匠人。我妈至今说起同村一个老人曾经在某年的中秋节给我父亲送来一盘包子，赞不绝口：面细、皮儿薄、馅儿讲究、手工漂亮精巧，连灌包子的佐料酸醋辣椒水也带来了，香喷喷的，令她多年不能忘。看先生的来了，坐在那儿喝水聊天，几个小时或半天，不说一个谢字，甚至也不提我父亲曾经为他们家谁看病这件事儿，彼此却都清楚明白。

别人帮了忙，家里老人提醒："你到谁那儿去坐一下嘛！"坐一下，即去感谢感谢他，看看他。

不了解这个情况的人、没有在陕西那个环境里生活并了解这种性格的人，跟陕西人交往，很容易生出误会来。很多陕西人走出陕西到外地混，往往就因为这个，不容易混出名堂。当然，这些说的都是大概，不是绝对的，陕西人里面也有很会说话的。

幸亏有了普通话，才使陕西人跟外界交往有了表达谢意的通用语言，普通话的"谢"字，发仄声，用劲儿，往下砸，很适合陕西人。

现在受新文化影响，城市人也已经开始用陕西话面对面、我对你、你对我直接说"谢谢"，但都不自觉地加一个类似叮嘱式的附加音，如"谢谢你哦"或者"谢了哦"。

跟我同在一栋楼上班的陕西小伙儿李剑南，是个体育记者，也写电影评论，文章写得很好，很有灵气，有一回我上电梯碰见他，说："剑南，看了你最近写的几篇文章，很好啊！"剑南原本是背靠着电梯角站着的，听了我的话，就把身子向后矬去，屁股抵住电梯拐角，双手抓着两边的扶手，一只脚还向后勾去，低下头，又抬起头，眼睛里有一丝羞涩的谢意，冲我简单地笑了一下，口里发出一声类似叹息的声音，又低下头，就那么别别扭扭地上去了。这就是一个典型的陕西人：他首先认为我夸得对，他也觉得自己写得好，我的话他接受，想说谢谢，又不愿意说出口，说出来就生分了。他不愿意虚伪地表示"哪里哪里"之类的敷衍，但他确实谦虚，他的上述肢体动作，完全是一个谦逊姿态的全方位自然显示，但没有说出一个字来。

陕西人的文化，或者说陕西人的性格，有一个深深的默契："亲不言谢。"就是说，陕西人面对自己真要感谢的人，从感情上就自然地和你亲近了，甚至就当你是亲人了。越是亲近，就越自觉地不虚狡、不浮漂，不会说客套应酬的话，感情质朴得一下子回归到近乎混沌状态，舌头仿佛变厚了，陕西人说："嘴翘得不会说。"翘，意思是像木板受了潮，翘得走了形，不听使唤。亲戚本家之间，是绝没有说谢谢的，你对自己的伯叔弟侄、娘婶姐妹、姥舅姑姨等说谢谢，会把对方吓一跳，或者以为你有啥毛病呢。关系好的同学、朋友，也不言谢，甚至对老师，都不说谢谢。

"亲不言谢"——判断一个陕西人是不是谢你、

感激你，有个简单的办法：看这个人是不是面对你时变得比平常笨了。

收藏不识字的文化老人

　　我越来越庆幸自己的年龄，这使我在自己年轻的时候，能接触到一些老年人，尤其是那些农村的老年人。这些被我称为可以收藏的老人，有两个表面特征：一是年龄今天大都在 80 岁以上，二是大都不识字，或识字不多。在我看来，他们是不识字、没读过书的文化老人。

　　我们收藏历史物品，因为藏品是记载文明、承载文化内涵的文物典章。其实，人身上更多地携带着那种活着的文化、活着的文物典章。

　　老家邻居奶奶 87 岁了，她是个身材高大的老人，由于身型重，老人多年前就拄着两根拐杖，行动迟缓，眼睛去年做了白内障手术，效果也不是很好。老人在自己家族排行十一，于是本家和外人都简称：一奶奶。一奶奶不是个能说会道的人，我奶奶活着的时候，跟一奶奶坐在一块儿聊天，一奶奶只有听和笑的份儿。

一奶奶现在每天没事,就坐在门前的槐树下面和一些比她年龄稍小的老人聊天,自然是聊些婆婆妈妈的琐碎小事儿。

我近年来每次回老家,礼貌地要去看看这些老人,后来,看望这些老人成为我自己的内心需要,很想走到这些老人中间,听她们说话。听着听着,常常令我暗自感动甚至惊悸。她们所议论的事儿,太琐碎,故没必要写出来。但是她们谈话的状态、对待事情的态度,我明显感到,比她们年龄再小十来岁的人都没有,或者很少有了。我恭敬亲热地称呼她们,她们惊喜地站起身来迎接,一奶奶一口一句"好亲人哩!"问长问短。其他老人个个都笑着看着我们俩,仿佛一奶奶就是她们的代表,一奶奶问的就是她们要问的,个个老人脸上深深的皱纹都很生动,像花儿一样绽放着。

我坐在她们旁边听她们说话,老人们因为我在旁边,突然有了点儿羞涩,她们个个都很注意自己的体态、坐姿,会很快检查自己的衣着,是否没扣好扣子,头发乱不乱,甚至连拐杖放的位置都要重新挪一下,声音是那种明显收敛了的。你能感到她们很注意自己,虽然我不是外人,但是她们突然表现得会管理自己。我将老人这种羞涩的表情和动作以及流露出来的那种心态,理解为文雅,一种来自中华传统礼仪的文雅。

我想起她们平常居家的那种几乎相同的表现,无不是俭朴、勤劳,忍耐、与人为善,爱体面,懂得做人的本分——一奶奶的本家妯娌，早已去世的七奶奶，有个女儿跟随丈夫到北京居住。女儿将七奶奶和自己婆婆同时接到北京，七奶奶待了一个月就回来了。老人们问：咋不多住些日子？亲家母也回来了？七奶奶性格开朗，说：亲家母还没回来，女婿对我很好，可毕竟是女儿家么，那是人家家里么，咱在那儿箍扎得很！旁边人问：自己女儿家，有啥箍扎的？七奶奶说：咿！你说的！亲家母跟我坐在那儿，她腿伸得老长，我就不行么，得把腿蜷蜷着，那是在女婿面前么！不是在咱自己儿子面前么！众人听了，都笑了！

这些老人，家里有点好东西，自己绝不安之若素地享用，即便自己家里种瓜果，她们吃一个瓜果，都显得很奢侈地、有点迟疑地，带着若有若无的罪过和羞惭；逢年过节，好东西都尽量留给客人，亲友之间，四时八节，人来客去的礼节断不能少，年轻人将端午送粽子、元宵节前送灯等这些常礼，要么匆匆地走过场，不重情敬，要么疏忽忘记了；但是老人们会记得很清楚，反复唠叨叮嘱不能落下任何一家该走的亲戚。红白喜事，该给亲戚怎么随礼行门户，她们能将几十年前的先例记得分毫不差。敦亲睦族于琐碎的、婆婆妈妈的唠叨中。年轻人常常感觉不出来，等到老人过世，亲戚们依礼上门奔丧行礼，年轻人才恍然感觉到老人给儿孙积修下了多少深厚的亲情。

这些老人有一个特点，从来不知道焦虑是什么，她们常常会感到很满足、很幸福。也似乎不知道忌妒是什么，对他人的好事儿，表现出来的高兴就跟自己的好事儿一样。

有很多文学、影视作品，将这种老人要么表现成很粗犷的所谓粗野的豪放，要么将她们表现得愚昧鄙陋，有的受了什么魔幻现实主义创作手法的影响，将老人表现得不像老人。我从来都看不下去，更不接受。在我看来，这些老人身上，深刻地保留着传统的农耕文明、礼乐文明，她们虽然不识字，即便不太懂得忠鲠孝义（出自《南部新书》），但是，却深深地懂得因果报应，懂得珍惜一个人活着的脸面，她们没读过书，但是却能随口说出很流利的俗语，这些俗语不是《三字经》《朱子治家格言》，就是出自《太上感应篇》，或者类似《了凡四训》，等等。这让我觉得将先贤圣哲的深奥义理，稀释化解为民间精神的甘露的传统蒙学读物，在传统中国的作用是不可低估的。这些老人，不识字、没读过书，但是分明是懂得礼义廉耻的，即所谓"虽曰未学，吾必谓之学矣"！也因为有了这些老人给我的感受，我一直对学界那种反对读《弟子规》等的观点，持保留意见。

旧时所谓高低雅俗，不像现在这样是对立的，而是上下呼应，上有所行，下必风从的，即读书人和不识字的人，因为相同的文化，统一在相同的价值框架内，区别只是不同程度而已。

我觉得这些不识字的老人是那种被旧文化所化之人，是一种旧时留给我们的活着的文物。对这些文物，要说收藏，就应该是多接触她们，感受她们言谈举止中表现出来的旧时的气息。

　　我将这些零星的感想说给一位比我年长的仁兄听，他沉吟片刻，点头说：你说的这种现象，等过二十年再想想，就更有感觉了 。

2012 年 5 月 31 日

今天我们该怎样尊敬老人

我曾应邀参加一个单位的改革方案讨论会，涉及薪酬分配的时候，按照方案，那些退居二线、基本上不干活的老员工会比正在一线冲锋陷阵的青壮员工拿的钱多。这就引起了一些讨论，眼看这一条要被质疑修改，我作为来宾、顾问，不得不发言了。我说：一个家庭，年轻人养活老人是天经地义的，而不管这个老人在家庭中有无贡献，甚或老人年轻的时候犯浑闯祸，给家庭造成重大损失，影响到家庭的正常延续发展，你都要养活这个老人。这就是天理，这就是文化。这个不能改。推及一个单位、一个公司、一个社会，让老年人日子好过，是文明的必然。只有老年人日子好过了，感到欣慰了，青壮年人才会有盼头、有奔头，大家心气儿才顺，才和谐，要不然，从老年人的情绪心态中蔓延开来的焦虑和惶恐会像潮水一样，到了青壮年人那里会放大成"钱塘潮"的，成为我们现实的压力，成为社会不和谐不安定的力量。

所幸最后此条没有修改，可见人心向善，道理讲通了，问题都会得到解决。我也佩服该单位领导，让我这个外人来说这些话，可谓用心良苦。

文明就是对老弱幼小能够照顾——汉班超年过七十，远在西域带兵驻防，他给朝廷上疏，希望能从遥远的西域调回距离中土较近的地方驻防，有"臣不敢望到酒泉郡，但愿生入玉门关"之句，原因是他老了，思乡情切，为了能让皇帝和朝廷体谅他，他给了一个理由，不是彼时的西域生活条件差——差也差不过苏武留匈奴中十九年，以囚徒之身牧羊北海。他只说了一句："蛮夷之俗，畏壮侮老。"就是说那时候文化落后的地区，其人行事，尚力量，有时候遵从的是动物法则，弱肉强食。所以，文化上的凄凉悲怆，班超作为一个世家子，他受不了。

尊老敬老是文明，但有的人说，有些老人不像老人，为老不自尊，不值得尊敬。比如在地铁上打架咬人家耳朵，比如摔倒讹诈年轻人，比如到处不排队，比如喜欢闹事，等等。这正是现在我们面临的尴尬。

笔者小时候见到的老人，皆有老人样儿。什么是老人样儿，即老人有老人的智慧风范，知道逊退避让，远祸去辱，不和年轻人较劲，但不是看着年轻人犯错误不说话，而是"君子不重则不威"，慈爱地关心年轻人，但不跟年轻人开不合身份的玩笑，不跟年轻人计较，不没大没小。所以，这种长期培养出来的威严和德行，到了老人该发言的时候，才能让年轻人听进去，年轻人听了这种老人的教训，也不觉得丢脸。

现在的老人不是旧时代培养出来的老人，他们生活的时代的确赋予他们性情和修养中一些问题。这是文化的尴尬、社会的纠结。而越是这样，我们越要尊敬老人。尊敬是自己的事儿，不能跟被尊敬的对象要条件。我曾评论一个网上视频，其中的老人暴力、凶狠，我说：我鄙视、批评这种行为，但是，如果跟这些施暴的老人同在一个空间，我会给他们应有的尊敬和照顾，因为世界上不管老人变成怎样的老人，我们都不能丢失敬老的习惯。就像我给一个夏令营讲课，家长学员一大群，衣着坐姿很多没个样子，我上去大喝一声：起立！全体向我鞠躬并喊：老师好！我亦鞠躬喊：同学们家长们好！末了我解释，许某人不缺各位的尊敬，可是，大家既然是学习，就要完成一个礼仪：尊重千古师道。我也许没资格当各位的老师，但我在这里就代表着"老师"两个字，此刻向我行礼、尊重我，我此刻就如同古代的"尸"，代师道受祭，大家向我行礼，就是向千古师道行礼，延续尊重师道的文化。同理，尊敬任何一位老人，就是延续敬老的文化，而不管这个老人自身品行如何。

一个社会，老人好，才是真的好；让老人安逸颐乐，才是社会和谐的能量。

懂得旧礼俗中的温暖且能随喜同喜的人，是智慧而吉祥的人

【按】现在是凌晨5点多，卯时，若在老家乡下，都能听到公鸡打鸣了。从前，冬天的早晨，霜重雪封，缸水结冰。鸡不打鸣，大人不让孩子起来，一是天未明；二是传说那些在晚上游荡的鬼祟，等等，一听鸡叫，就唰地远遁无影了。这时候大人会放心地让孩子起床，背着书包去上学。所以，乡下家里，一般都会养公鸡，为的就是听公鸡打鸣，能助阳气。

连日忙碌，屡屡被岔开，本周又得到一本好书，一口气看完，真可谓废寝忘食，不忍释卷，读完，思维情绪又久久沉迷在那本书中，数日前就想写的一篇文字，一直没有写成，有些沮丧。

今日又约朋友饮早茶，为不迟到，干脆一跃早起，将想写的文字写完。

2017年该干的事儿，就不拖延到新年了。

山西新闻网 12 月 13 日报道，两个月前，祖籍长治潞城市的秦先生，从陕西省宝鸡市携全家老小三代一行 11 人驱车回到阔别多年的家乡，欲安葬去世一年的母亲的骨灰。他将骨灰盒带到下榻的潞城市一酒店后被店主发现，店主一度不让秦先生车辆离开，并提出 10 万元索赔，后经多方协商达成了 7 万元的精神补偿。发生争执期间，秦先生向潞城市公安局报了案。22 日，警方将 7 万元和道歉信还给了秦先生。

我看视频，问题在警方的努力下得到了解决，但听视频中双方的语气，依然是话中有话，心中很不甘的。就是说，这件事到此，息讼而未能平怨。

这是现代人解决问题的通常结果，高度依赖司法，"道之以政，齐之以刑"必然是这个结果："民免而无耻"。

看到这个新闻，我在微博上评论：酒店没文化！老话说："宁停丧，不留双"，给人方便停丧是非常积德、很吉利的，相反，酒店每天容留男女同宿，才是很晦气很不吉利的。看看，不懂旧礼俗旧文化，很麻烦，是不是？

——微博上留言，因字数限制和当时语境的影响，言辞不得不愤切激烈。不激切则不能动人，动人则近乎谤讪。自古谏言，莫不如是。

有网友随即诘问：你愿意在外住宿住到一间摆过灵堂的房间？

我这人，不怕硬横的，见此留言来者不善，便简捷回复：可以。

此网友再复我：像你这种键盘侠只能在屏幕后面假仁慈了，现实中遇到你估计比谁叫嚣得都要厉害吧？

——您说他这是从哪儿对我这个陌生人得出这种言之凿凿的、貌似确切的把握和判断？好像我不坏他倒着急不甘心似的，非要遇到一个比他还坏的才心里踏实？

我给对方回复：你尽可能去估计我有多坏了，我拿你没办法。但我愿意将你往好处估计。

又有个网友诘问：停丧吉利吗？那停你家让你吉利吉利？

我果断回复：你若带你爹的尸体，投宿无着，没问题。

还有网友怼那些诘问者：哪间病房的床没死过人？您到时候住院还特别要求一张没停过尸体的床吗？

我附和：你敢保证你没与骨灰同在一个飞机上过？

【按】微博上蚓架，要的是言语狠而快，但无论怎样打法，必要依情循理，否则，除非你是那种靠这个吃饭的专业辩论手，死活不认理，一切唯争胜求赢。

还有个关键的秘诀：如果自己错了，那就赶紧向对方认错、学习，"过则勿惮改"，千万别屎壳郎支桌子——硬撑。硬撑，力小负重，危险。

再说这个"骨灰住店"事件——

说店家没文化，其实，秦家也没文化。都没文化。

这里所说的文化，就是那种解决问题的程序、仪式和默契，即"礼"。

店家要10万元，像是敲诈，其实不是敲诈，谁没事儿用这个敲诈啊？但心态是很迷信，很迷茫的，不知道怎么解决——有些现代人，因为没文化，不懂礼俗，所以，为了消除迷信，只能想到用金钱消弭了。

金钱能消弭不祥？其实，多少不祥都是金钱招来的！

但是，骨灰住店，让店家感到很不舒服，这是人之常情。能理解店主的心理。

我说秦家失礼在先。为什么？

新闻中说："85岁高龄的山西省民俗协会理事申双鱼老人对此事件做了点评。他表示，按照上党地区的民俗习惯，骨灰盒一般是不允许带到公共场所的，这一点陕西宝鸡的客人做得不妥。如果要带着骨灰盒进酒店，首先要和酒店店主打个招呼说明，人家同意你带进去你再带，人家如果不同意就不能带进去。从以上的事例中看出客人在没打招呼说明的情况下偷偷带进去显然做得不对。店主象征性地要求赔点钱也能说得下去，但是索要10万元赔偿我认为比较多，赔7

万也是个不小的数字，显然不合乎常理。"

申老先生说得非常对。

秦家孝子扶柩而归，路远人众，中途需要住店，依照旧礼俗，棺柩途中停留，亦应设祭，日夜须有孝子守护陪伴，继膏焚香，俗称暖丧。秦家孝子们之所以将骨灰带入房间，并简单敷祭，于骨灰盒前放小花圈等，等于是暖丧，这一点做得非常好。

依照旧例，这一切都应在外面搭棚去做，但现在外面和里面一样，哪一寸土地没有所属？哪一片树叶没有主人？在外面搭棚估计比在酒店更不方便。所以秦家这样做也没问题，礼从宜。

但是，既然带骨灰（扶柩）进酒店，必须要先给主人打招呼，征得同意，应该告诉酒店什么情况，并且按照风俗，给酒店一块红绸子或红布，俗称搭红，以除不祥。要是能再周到，也应该给大堂登记入住的服务员一个红包。这样就周全了。

店家应该给客人提供方便，上面说了"宁停丧，不留双"——在过去，客死他乡者，亲友扶柩归葬，中途日暮夜长，路经村庄，无店可宿，就会敲开村民的家门，求借宿，村人见扶柩者，不但不感到惊恐和不祥，反而会给予热情的关照，因为旧风俗认为做这种事是积德行善，不以为不祥，反认为吉利，给子孙积福，传扬于外，人咸以其有德而称赞仰慕。

湘西从前的"赶尸"，赶尸人常常和被赶的尸体同借宿于村家。若无旧俗容纳，则赶尸人一路连口热水都喝不上。

恐惧死亡，厌恶尸骸，人之常情，自然之理。但人之所以是人，而非其他生灵，就在于人给自己创造了文化，中国古人称为"礼"，"礼之用，和为贵"，礼是解决问题最低廉的成本和代价。

孟子曰："恻隐之心，人皆有之……恻隐之心，仁也。"

"唯仁者能爱人"，想起范仲淹数事——

范在邠州：公休佳日携属下诗友登高饮酒赋诗，忽见远处有旌幡飘摇，急遣人问询，知有办丧事者，况且许多应有物品还无钱置办。"公怃然，即撤宴席，厚赒给之，使毕其事。坐客感叹有泣下者"。

范在蜀，属下一丞猝死，妻子扶榇沿长江顺流而下归江南故里，临行求路票即通行证，范仲淹恤而予之，旋又追回路票，于其后书曰："八口相依泛巨川，来时温暖去凄然。关津勿用多盘诘，此是孤儿寡妇船。"

范公仁心，至今诵读，令人眼湿。

现在因为很多人不懂文化（礼）了，所以只剩下了迷信。迷信者，失仁。失仁，则不信善、不从德。

信什么，比见到什么更重要。你看上面那两个网友，他们应该年龄都不大，都是受所谓新文化所化之新人，可是他们"见善则疑，闻恶则喜"，真是"满腔杀机"。

如果只剩下迷信，人们感受不到旧礼俗中人性的温暖，欣赏不到汪曾祺先生所说的风俗中"葆养着的民族常绿的童心"。他们遇到问题，中了迷信的毒，找不到解药，无法"原汤化原食"。

在朋友圈议论此事，邓国涛兄留言：我外家村出现过在他亲兄弟家不让停丧，而堂弟让在他家停丧过事，一时传为佳话。听村中老人讲，过去由于窄半院，地方狭小，为过大事，有几家曾放掉两邻家界墙，合为一家过事的美谈。前人之义行，当为今人之楷模。

水去先生留言：祖父过世，觅穴，邻王家，世交，自告，不若葬其自留地，做伴其父母，底下亦作芳邻。后祖母亦同穴，历数十年，王家看护扫墓一应。几年前政府改葬，方迁。坟迁，天南地北，情犹不绝，每归乡，礼厚血亲。

我老家的老房子，1983 年盖的，至今很结实。8 间厦房，3 间揭背房，共 11 间，自另外盖房搬走后，老房就原样保留在自家老庄基地，村里人盖房，用来周转着免费住，有的人家一住半年一年。也有老年人同住的，有人开玩笑说：看那老人老（死）到你屋里咋办？家母笑着说：那怕啥哩！老（死）了人了么，那怕啥哩！

读过一篇公号的文字，有云——

"任何时候，

人和人之间，

懂得随喜同喜的人，

是智慧而温暖的人，

纵然彼此异见，

但不失去尊重与祝福的人，

是慈悲而善良的人。"

写至此，倒是又产生一个想法：即便是时过境迁，"骨灰住店"事情已结案，貌似过去了，但仍可以双方互动，解除余悸，使各安其心——秦家主动致函给店家，致谢，并赠与红绸一块，鞭炮一挂，以除不祥；店家应予以欢欣谅解，并张扬此事，使广为知晓，则不祥既泯，不快之交转为人间佳话。

天下没有解不开的结，秘诀在圣人谆谆之言："过则勿惮改""礼之用，和为贵"。

2017 年 12 月 31 日

没文化了，人与人的关系很容易打死结
——从杭州女子携骨灰盒打的被拒载说起

数年前，我写过一篇谈节日文化的文字：《礼仪缺失，必然迷信猖獗》，看看当下的城乡社会种种人情往来，市井百态，尤其婚丧嫁娶之事，让人感觉迷信是越来越猖獗了。

之前，杭州张姓女子与父母、亲戚携带外婆的骨灰，从殡仪馆打车，被司机拒载，新闻闹得很大，网上评论汹汹。我注意到网上的评论，直肠子好心人没好气地说：司机自己家就不死人？司机自己就永远不死？将心比心者说：反过来想，张姓女子如果自己是司机的话，会不会拒载？

这两者都是好人好心说的好话。可是，这仍然是一个死结：遇到这种事，双方怎么办？到底该不该拒载或被拒载？

我在朋友圈评论道：这种事在敝乡非常好解决，根本就不是个事儿。许多朋友看后，纷纷留言咨询：

怎么解决？怎么就不是个事儿？

我先说说敝乡怎么处理这种事。

人或老或病，急送医院治疗中途死亡者有之，到医院死亡者有之，都是用自家的车或亲友的车，有的就是用出租车运回死者家中办丧事，至今我从未听说过发生拒载的事。现在我根据老家的人情语境去想象，如果有人拒载，他会遭受非常大的舆论压力，甚至给自己惹麻烦——他家今后若有老人去世，很可能遭到乡亲拒绝帮助办丧事的制裁。这就是风俗的力量。昨日，见杭州这则拒载新闻，我与亲友谈论，如果司机年轻见识少，心里真有顾忌，怎么办？有人随口就说：很简单嘛，要是发生在咱老家，张小姐应该早早准备好一块红，见司机就先让她父母给人家搭上红，再给个红包，就一点问题都没有了嘛。举座无不粲然称是。

红，就是数尺长一块红绸子或红布，有的直接用一块红被面，男左女右从肩头斜下到另一边腋下拴上，谓之搭红；红包则无论钱数多少，用意在红不在钱，当然，事主不应该太寒酸，敝乡俭者不低于十元，丰者亦不过百元，事主还不能过分夸张地多给，以免破坏风气。如此，双方在一种礼仪的默契中，完成各种信息的对接，既庄敬又客气，所有所谓臆想的晦气和迷信，统统没有了。这就是仪式的力量。这个仪式，是非常得体完美的仪式，不是吗？

关键是，这种事从来没有发生过，就是说，如果谁用车载了骨灰、尸体或棺材还让人家给他搭红，这人就让人看不起，认为难说话、狡嘴，也要承受如上压力。

敝乡风俗，非常乐于帮他人办丧事；非但不以为晦气，反而认为很吉利。本村在外地工作的人，会叮嘱留守在家的亲友，一定要及时告知本村老人去世的消息，百里乃至数百里之内，必然返乡帮助办丧事；实在走不开的，也会打电话、捎信回去向丧家吊慰、打招呼、解释，当然都会获得谅解。村民平日邻居之间有矛盾者，遇到邻居家有丧事，也会率先主动上门吊慰并帮助办丧事，丧主见面，分外感激，往日无法消弭的矛盾，于此得解。周围其他人也都在看，看某家有丧事，与其有矛盾的一家人若不去帮助办丧事，必暗地谴责，他也会遭到一种如上巨大的心理压力。

忠鲠孝义以教君子，因果报应以警愚俗，迷信从来就是给愚夫愚妇准备的一碗心灵鸡汤。中国古人从来不忌讳给别人办丧事：父母丧，儿孙葬之以礼；师傅逝，学生葬而服心丧；朋友死，义葬而祭之如仪，即在自己家给朋友办丧事；有的与死者有特殊关系，三年之服既除，也有为死者追服即继续穿孝者；至于见荒野无名骸骨暴露，瘗之祭之，使亡魂安息者，观诸古籍，在在有之……这些中华祖先留下的文化礼仪和文明风俗，实在是取之不尽的能量，温暖着漫长的历史，抚慰着坚硬的现实，也应该照亮遥远的未来。

我庆幸并感激自己的老家，将如此深厚的文化风俗，转化为一句简洁的俗语，根植于人心："宁停丧，不留双。"如果据此说吉利，给人办丧事是吉利的；而随便容留男女，才是不吉利的。前者厚人心而敦名教，后者败礼教而坏风俗。就是说，司机应该以帮助别人办丧事为吉利，而你平时深夜候在娱乐场所门口载客，让男女在你的车上亲热才是不吉利和危险的。

　　再说张小姐，凡事预则立，外婆去世那么大的事，不事先预备，仓促叫车，是为不敬，无礼；司机有所顾忌，此凡人之常情，可谅；张小姐不能随机应变，以当地风俗化解，是为无仪。

　　其实，司机与张小姐所在地区，估计也早已丧失旧礼俗，新礼俗还没有形成，人与人相处，没有了礼俗的谱，或有谱但残缺不全，于此处漫漶损失，双方进退无据，必然形成死结，最终要诉诸法律、公之于媒体。

　　礼俗消失，即没文化了，人与人的关系很容易打死结，且无解。"民免而无耻"，于此可知。

　　由此想到现今民间婚丧之事出现的种种奢靡浪费、淫秽表演、荒诞迷信等怪相。但是，在下决心要整治和清除之前，一定要先认识到：正是由于正常的礼俗被荒废、破坏，这些伤风败俗、违背礼仪的怪事才层出不穷、无法节制。千万不能将你当下所看到的种种怪相视为传统礼俗，这个黑锅，传统背不起。

那些曾经温暖着漫长的历史，抚慰着坚硬的现实，也应该照亮遥远的未来的传统文化，也不能受此诬枉。

2017 年 2 月 25 日

在今天如何当长辈
——从两个字说起

怼

怼，陕西方言。读二声（阳平），短促如入声。

陕西人说这两个字，尤其有劲儿。

——昨天有电话来：你回陕西了吗？

没有。有事儿吗？

……那谁和谁两口子不像话，对父母太不好了，方圆几十里都没见过，让人看不下去……想你国庆节回来，借个向（找个机会），把那两口子说一说（教育教育）。

不行啊！时代不同了。现在，谁都不敢随便说谁。长辈更不行。长辈说晚辈尤其危险，弄不好让人家给你怼回来，脸就没地方搁了。

的确，概人教育人，可用者四：情、理、势、力——以情动之，欺负父母，在从前是大逆不道，他们既然做事悖理无情，则情不能动之；以理晓之，唯遵理者知理。而理之所设有限，人之所悖无穷，以有限缚无穷，是迂腐不可用，再说，我可说之理，他们难道不懂？唯不遵而已。今日之长辈，岂敢言威势哉！我势之所以立者，在彼之心所谦卑也，今彼之势嚣嚣，反压我之势，故以势近之，是自取其辱矣；情理既不能，势又无用，欲使力以迫之？我年长而彼少壮，是我之力岂如彼之力强也！

所以，今日之世，眼见无人主持公道、仗义执言，往往无可奈何。况且，昔日之长辈，训喻晚辈，岂能喋喋不休以言语之繁？謦欬俯仰之间，晚辈帖服。

今日之世，强化自我，无君无父。

人类如果没有长辈之说，禽兽无礼，父子聚麀。

2018 年 10 月 4 日

恕

有退休老同志，不慎进入年轻人工作场合，打断年轻人工作，好言赞颂之，不料年轻人不买账，当着数十人的面，以恶言斥之。老同志受了委屈，找到了年轻人的现管领导，投诉并誓言将向上级告状云云，把事儿闹大。

年轻人的领导问我，该不该先跟上级领导打个招呼，以免事情闹大？

想起诗经有云"薄言往诉，逢彼之怒"。可能年轻人正在工作状态中，焦虑紧张，无暇转换当时的心情。老同志身心舒泰，又不察当时情形。总之，两者搭不上而已，并非多大的怨仇。

乃建言：先不要报告。先安抚老同志，告诉他年轻人最近焦虑狂躁，急不择言而已，更多的是自己发泄，若在平常，绝不会如此冒失，请谅解，作为现管领导，会批评他，择日让他道歉；再者，老同志被年轻人斥责，如果为彰灼年轻人之恶而投诉告状亮伤口、四处张扬，本身就丢人。即便四处投诉，年轻人受惩处，老同志也大失脸面。

凡长辈与年轻人争执，年轻人若出言顶撞，长辈已经输了。论理论到哪里，都输了。长辈的脸面和尊严，在于矛盾未发之时，若矛盾已发，长辈就输了。

天下的长辈永远都输。区别在于输得有脸面和无脸面。

所以，当长辈、当老同志，要诀在于圆融，圆融其实就是装痴聋。旧戏里，读书人、长辈受了无赖子的欺辱，总是先自己沮丧并顶多斥骂对方，更多的是在台口暗自斥骂一句，然后自己拂袖而去，并不与之纠缠，非要争个黑白输赢不可。因为继续纠缠，你会输得更多。

现场争输赢往往是现代人的范儿。

从前有句话："天下无不是之父母。"要求晚辈对长辈要无条件顺从，长辈永远是对的。其实就是处处给长辈、给老同志脸面和尊严。

有人看见这句话就火了：那长辈岂不是骄纵不可制约？

你以为这句话是约束晚辈的？不是，它是约束长辈的——你作为长辈，就要尽量努力做到"无不是"。但你并不是圣贤，你一定处处有不是，所以，你要学会装"无不是"，任何事情，尽量不要做到耻辱加身的地步，要学会早早回避。所谓圆融痴聋，其实就是一个字：恕。

2018 年 10 月 14 日

吾道自足，何事旁求

在"关中风俗文化研讨苑"微信群里，每天分享讨论交流陕西关中风俗礼仪的各种信息，让我学到不少东西。群里的各位，都是关中风俗礼仪的传承者，这个传承不是停留在文字和口头上的，而是更注重实践。

前日看一个丧礼的视频，视频显示，事主不可谓不尽心，办得也算隆重周到，很能体现孝心诚意。

但听丧礼视频中的乐队，多用电子键盘，因此营造的氛围就大打折扣，使礼仪显得寒碜了许多。我对此发言："现在丧祭的用乐是个大问题，一个是曲子乱用；一个是配器用电子琴、键盘，非常难听！应该用纯唢呐为主的乐队。移风易俗莫善于乐，用乐至为重要。乐乱则礼疏。不仅仅是有点响声就行。"

群中一位仁兄也同意我的说法，但同时举例吴天明导演的电影《百鸟朝凤》，并推其为经典而吴天明为大师云云。

有关这部影片，我有专文评论过，此不赘述。（见拙文《百鸟朝凤：吴天明拿到了文化的账号，却没找到密码》）

我理解这位仁兄的意思，但我分明又一次明显感觉到那些当代所谓名家给人们的认知和判断造成的障碍。

名人固然有可称道之处，值得众人学习、膜拜，但名人也像一把刀，斩断了众人的许多慧根；名人像一块云彩，遮住了照耀一方众人的阳光。

所以，我在拙作《桃花扇底看前朝》的序言里说：我不希望成为一块遮蔽一方阳光的乌云。尽管成为这样的乌云就意味着现实的成功。

随后在群里发言——

陕西当今的许多文化名人，在我看来，远不如本群的诸君更有文化更有价值。比如三木生先生，您对关中方言的考索整理和传播，比如几位在乡村从事婚丧嫁娶乐队工作的，都是很实在的为文化传承、淳厚风俗起作用的。相比当今某些名人，除了自己混名混利，于淳厚风俗无益，于人心教化影响甚至有害。

其实，所谓陕西文化人，凡是不与关学气脉相承接者，鲜不沦为现代文艺人，成名成家者，最多当一个成功人士而已，既不能教化社会人心，也不能以诗礼传家。他们再成功、再显赫的荣利光环，也是一个响亮的炮仗，风骚一阵儿、热闹几十年，最终难以为继。眼前的例子，比比皆是。

他们中有的人貌似尊重传统、喜欢民间的文化，其实，迄今为止，哪一个不是无情寡恩的攫取者和掠夺者？那些从民间艺人和乡土文化中拿走了那么多东西，成就了自己的所谓成功的名人，有几个想到过反哺回馈民间和乡土了？比如，让他们自己带头出面，设立一个抢救保护民间文化、风俗礼仪的基金什么的，费什么事吗？他们没准儿还认为因为他们，民间和乡土才没有被湮灭消亡吧？

其实，他们拿走的，几十年来他们所渲染的，都不是关中文化、风俗礼仪中的真正精髓，那一点儿皮屑就够把他们撑得肠满肚儿圆了。

古人讲格物功夫，就是要从具体事做起。他们多数人不知晓最基本的具体事物，越是成功越不知晓，也不屑于知晓，更不会去实践。多是满怀贪妄，口出概念。问他一个具体的问题，全不懂，也不屑。一个研讨会，各种人操同一种语言，听得人脑仁疼。

咱们要看破他们的纷华荣利，不能把时代的粗鄙、人心的荒芜造成他们的所谓成就当成真成就。不能被这种东西扰乱。

这个就是自信。张子说："吾道自足，何事旁求。"不羡慕他们，但要认清他们。因为咱们有意识或无意识都是上接古人传统，承续关学前贤余脉的。各位还都是研究者和实践者，这个，来不得丝毫虚妄。

因此，大家在自己能参与的机会里，尽量根据当时的条件，春风化雨地，把人家的婚丧庆吊之礼，做得周全又恰当，不寒酸不奢靡，不荒怠不越礼。时代风气变化快，人心不靖，因此，咱们能坚持多久是多久，能恢复多少是多少，能传承多少是多少。这就了不起！

我每天看大家交流礼仪习俗，就觉得非常好。

真正的顽强的保守，就是这样从容镇定，不忮不求，也像杀不死的细菌一样，有机会就传播。

2018 年 6 月 1 日

运八法以施教，秉一心而继绝

——观姚安民先生书法弁言

姚安民先生是我父亲的好友，其人其书，深得我父亲的喜爱，以为不尚奇谲，不趋时俗，不以媚求宠，望之如见太古之民之风，稳重端方，朴实质直，似可接前人之德。

十多年前，我家为先十一堂曾祖母立碑、为先祖立碑，皆礼请姚先生书丹。及我父去世，葬礼、释服礼，我也请姚先生屈尊司笔，凡讣告、祭文、哀联、铭旌、劳单等，经先生书写，方正淳厚，文雅高古，至今为人称羡。

先生退休前为语文教师，桃李满目，数十年教学之余，致力于书法，为一方文化教育界及官民推许，尤以篆、隶二体最为人称道追捧，蒲城、富平、澄城、渭南诸县区，俗尚文化、事重礼仪，凡婚丧嫁娶，皆以得请先生赐书为高尚。

古人有云："书为人千里面目。"书法为凡人所重者，向时贵在其用而显露品格。及晚近之世，风俗变异，士心寥落，猥人俗庸习书者多弃文而徒书，上下视书法唯重书者其名，而罔顾其格，故凡名家所出，坊间无不珍重，视若金宝，俗以为稀贵，实则狎邪昵玩之也。

渭南前贤、华阴王弘撰先生论宋人书法：苏黄米蔡之蔡，初为蔡卞，后人以蔡京蔡卞兄弟为人奸恶，祸国殃民，遂黜卞而以蔡襄属之。王先生因此议论道："文信国（天祥）书不为绝佳，以其人重，得之者如宝天篆。蔡卞以其人掩其书，君子不可不慎也。若王右军为书中圣，儿童走卒皆知之，又几以书掩其德矣。"

可见，书法非以技艺见重，而以其人其德见。书法家是不以声色事人，不以趋媚时俗以求容悦，自不当挟猥技以任人驱使而鬻食。楮墨所在，士心所指，运八法以传圣贤之道、有裨益于施教化民而已。

中国乡村，自传统惨遭陵夷，今所遗存者，较城市为多，不独因其封闭，尤其在于一代代生活于其间的文化人如姚安民先生等，孜孜矻矻，不求闻达，淡薄荣利，坚韧卓绝地继承与保守。先生受人邀请，司笔之间，亦传道解惑之时——我曾听先生对人道民间礼仪：于父母长辈寿诞丧祭之礼宜隆重，而于子弟婚庆之事宜简薄，否则"人笑话哩"！先生言及此处，猛抬头，双目凝重，略有停顿，其色其状颇为震撼人心。

正是由于如姚先生这样，居于乡间，秉坚贞一心，为往圣继绝学，瓢饮箪食，对传统自觉而顽强地涵养与继承，才使得正在衰亡的传统，消亡得相对迟缓一些，古老的文化之花于正在被凶猛的时尚侵蚀中的乡间瑟瑟绽放。

姚先生的祖父，随张自忠将军抗日，壮烈牺牲，于国于家皆有功焉，葬于湖北。世异时移，风云变幻，名亦寂寂。先生时时感念祖德，奔走考索，自撰其祖生平行状、述德记事，刻碑立于自家门前，供人瞻仰，教育子孙，遂为蒲城佳话。先父每与我道及姚先生，必言此事，赞叹再三，以为姚先生有古义人正士之风。

余以王弘撰先生之言，思姚安民先生书法，弁言至此，尤见先生人与书之风神矣。

姚先生书法，获奖者多，今结集出版，嘱我为序，惶恐之际，以长者千里之命，晚辈不敢推辞为念，废词谬言，乞方家指正。

2019 年 2 月 22 日于深圳

思无邪，道中庸

——何应林先生书画艺术展弁言

"宣物莫大于言，存形莫善于画"，盖书画之理与诗文、音乐戏曲之理相同，是以文以载道，"成教化、助人伦、穷变通、测幽微"者也。故原书画之理，如求诗文之理，想书画家其人，犹诗人文士其人也。

何应林先生，渭南人，数十年在陕西省戏曲研究院致力于舞台美术，其间潜心书画艺术，不唯抒发胸臆，以期有助于舞台，得蔡鹤汀、蔡鹤洲昆仲之教导。退休后即专事绘画、书法创作，笔力劲健，功夫深厚，虎虎有生气，以古稀之年，犹挥洒丈二巨作，了无艰难勉强之意，元气充沛、正大浑朴、韵趣迭出，生动感人。

欧阳修继韩愈之衣钵，以古文力矫五代浮靡之气，所倡导诗文之理，主张明道致用，气格为主，质朴晓畅，所谓"道纯则充于中者实，中充实则发为文者辉光"，弃绝顾盼自怜、浮靡诌媚、以矫人之姿而悦人求容的

"西昆体"，反对其"弃百事而不关于心""务高言而鲜事实"之虚浮矫伪。

以何应林先生之书画艺术，质诸欧阳修之诗文之理，则何先生书画，无不契合欧阳修之旨。艺术如为学，君子学而补阙行己，小人所致力者，媚俗以求宠而已，先生向不屑于此德之糟粕、技之毫末。

何应林先生之书画，如同其为人，严格如一，诚意端正，质朴大气，专注于大伦，而不屑于细碎，情理圆备、端庄严谨又亲切近人。当今艺术界，能秉持此端正大气者，鲜见有人。人心异化，见善则疑，闻恶则喜，求分歧以显扬者比比皆是；错乱无旨、欺世惑民者在在有之，凡人惰怠无识，渐有以其为大宗者盲目追捧。

何先生生性质直，其为人处事，依情循理，深得"合适"二字之妙谛。先生非礼不视、非礼不言，见邪僻怪异，则掩面走避，性非狷介而容物涵众，望之如瞻太古之民，近之如亲聆关学前贤谈吐謦欬，无不切中义理而言辞朴素，平易舒畅。

十多年以来，有关关中旧时风土人情、习惯礼俗、人物故实，尤其是戏曲界人与事，每遇不解之处，请教先生，解答皆翔实恰切。故余观先生为人及其书画作品，言语行动，正大朴直，毫无贪妄偷私琐屑之态，无不以期有裨益于世道人心之淳善。

是以先生之心，可证"思无邪"矣，先生之书画，乃"道中庸"也。

2018 年 9 月 11 日于深圳

想起华阴王弘撰先生

一早打开微信，收到学生方君发来的问题：老师，为啥最近网络一片骂声，说"郭巨埋儿"的郭巨是杀人犯……？

答：郭巨埋儿与割股疗亲一类，是古人用极端的故事讲道理，概非此不能穷极其理、不能道尽绝德，尤其是在古代的条件下，非此不能达到有效传播。

只有愚夫愚妇，才食古不化，以为事实并效仿。

其实，自"二十四孝"故事产生之日起，仅播于愚俗之间而已，士大夫、朝廷并不需要这样的故事，士大夫和朝廷，以忠鲠孝义教之即可。

即便是民间无知愚氓，如果有人拘腐仿效，必遭严厉惩罚，如明代洪武、宣德时，皆有杀子医母、割肝疗亲的事，被皇帝严惩并警诫天下：此皆为坏人伦之大不孝，凡有效仿，必以大逆不道论处。

这个，哪里用得着现代人像发现新大陆一样在网上骂，还吵闹不休，以为高明。

欲详细解释，便想起吾乡渭南先贤、华阴王弘撰先生所言——

明洪武二十七年（1394），山东青州日照县民江伯儿，事母至孝，母病，江伯儿割肋下肉烹而奉母，食之无效，乃至泰山祷告：祝母病愈，愿杀子以报神恩。不久其母病愈，江伯儿果杀自己三岁儿子祭神还愿。明太祖朱元璋闻报，大怒："父子天伦至重，《礼》'父为长子三年服。'今百姓乃亲手杀其子，灭绝伦理，宜亟捕治之，勿使伤坏风化。"

有司立即捉拿江伯儿，杖一百，流放海南。

朱元璋又命礼部制定表彰天下孝行的标准，不要让奸人以乖悖之事博孝义之名而钻空子。礼部遂制定条例云："子之事亲，居则致其敬，养则致其乐，有疾则拜托良医、尝进汤药。至于呼天祷神，此恳切之至情，人子之心不容已者。若卧冰、割股，前古所无，事出后世，亦是间见。原其所自，愚昧之徒务为诡异，以惊俗骇世，希求旌表，规避徭役。割股不已，至于割肝；割肝不已，至于杀子，违道伤生，莫此为甚。自今卧冰、割股不在旌表之例。著为令。"

这已经说得很明白了。

但是，侥幸之心时时有之，愚昧之人代代不绝，到了明朝宣德元年（1426），礼部又收到一个地方上的孝女请求朝廷旌表的故事：某女割肝煲汤，为母亲治病。

宣德皇帝朱瞻基说："为孝有道，孔子曰：'身体发肤受之父母，不敢毁伤。'割股割肝此岂是孝？若致杀身，其罪尤大。今若旌表，使愚人效之，岂不大坏风俗！女子无知，不必加罪，所请不允。"

王弘撰先生因而感慨："凡事不可以训后者，君子弗贵也。"

有如上王弘撰先生所记述，足以消弭今人对于此类问题的一切争论和喧嚣吧？

至于"二十四孝"中类似的极端故事，历来读书人并没有将其彻底铲除，消灭干净，甚至任其出现在戏曲、小说中，流播于民间，为什么？愚钝如某，试以钱宾四先生"温情与敬意"说解之：不将其消灭尽净，正如迷信中其实有时也包含着对一部分人有用的警诫教化作用，故儒家对此的态度是"不语"，此并非乡原，人分差等，物有不齐，乃是考虑到事物有很多可能性，自己不信，给他人留一丝可能，此正"恕道"所在；其次是保存"二十四孝"概念典故之完整性，割裂取舍则必然毁其全部；最重要的，它给人一个几乎做不到的高标准，即任你事亲无论多么孝顺周到，在这种极端的道理所附着的故事面前，也永远自愧不如，让你永远看到差距，而不敢滋生骄矜自得之心，因为仁孝无极，上不封顶。

愚钝如某，以此求教于方家，匡我之不逮。

2019 年 2 月 18 日

戊戌年清明笔记

【一】

昨天，老家五服本家祭祖扫墓。

今年清明节放假时间紧张，而人又多不愿意在清明节后上坟扫墓——原本风俗讲究老坟清明节后三天祭扫不算疏慢。唯未三年除服的新坟需要提前祭扫，以示孝子迫切之情。但是，"清明时节雨纷纷"，仿佛是对北方地区的天气写实，所以，既考虑时间，也考虑天气，今年清明节当天上坟，在外地的一些本家子弟没时间赶得回来。

祭扫后聚饮，堂哥席间对我说："哎呀你看：现在村里没有会说古道今的老人了，以前光咱南院：三爷、智才二伯、老斌、咱们家老一辈像伯、二爸，都能说古道今，年轻人爱听得很！现在这些老人，一见面就嚷仗，一见面就嚷仗，没一点点意思！"

北院 77 岁许发宏先生从西安返乡祭祖，傍晚与均弟叔、敦定一同来访茗谈，追忆的都是先人的旧事遗闻。

发宏先生的母亲我印象太深了：一位面貌富态、和善而气质自带尊严的小脚老太太，永远是一身干净的深色衣服，白袜。非常健谈，我小时候在家门洞里看书，同时拿一条竹竿看守晒粮食赶麻雀，老太太住在斜对门儿，经常坐在我家门洞给我讲三国，边讲边自己深有体会地笑着，自己品味，用今天的话说是涵泳，我清晰地记得老太太讲甘露寺刘备招亲，很欣赏一句话："若要好，找乔老。"她的声音此时我都能回忆起来。老太太识字不多，但能讲全本《封神榜》，绘声绘色，使人如临其境。老太太家贫，但我印象中她身上一点儿也没有贫穷气。这是我后来判断人的一个参考标准。

发宏先生记得我祖辈的事：他说的八先生，是指我的八曾祖父许元彪先生，行八，人称八先生，曾在省里当过不小的官，后辞官居乡，长年一身长衫，因其身份显赫过，故周围人写铭旌，多借他的名，曰：坠衔。他也常为人主持婚丧大事，任司笔，发宏先生的父亲去世时，子幼家贫，他至今记得八先生撰写的丧联的下联："无财不可以为悦。"

这就是进则辅政，退则施教于乡，从前读书人的生存模式。

……回老家，就是要收获这些，而不仅仅是吃。

思想堂哥和发宏先生的话，不禁感慨，真是"欲问其事，故老尽矣"！

文化惠民、文化下乡、文化扶贫，真不是去演一台节目让农村人乐和乐和那么简单，应该由读书人倡导示范，淳厚风俗，恢复礼仪。

2018 年 4 月 6 日

【二】

当今的一些从事所谓文化工作的人，其实恰恰没文化，也不懂文化是什么，加上些许个人的成功，就更不愿意知道真正的文化是什么了。这样的人，他们的现实作为越大，危害越大。所以，一个人，若自己把握不准，就宁愿不作为，至少无害。

由于不懂礼仪、不知禁忌，连表达对先人的缅怀和崇敬的方式都不对，意在礼敬，却恰恰失敬甚至冒渎了。比如，清明节前，见许多人在朋友圈晒先人遗照，有的甚至将先人遗体也晒出来了。不才虽然鼓励人遵照旧俗依礼祭祀先祖，但却不主张在公开场合、平台晒先人遗容遗照，否则，任人品评议论，难免冒渎误犯，甚至亵狎不敬。

古人于庙，设木主不立偶像，以期思之绵永，望之弥高，崇敬之心油然而生。至于先圣先哲之相，亦非形象，乃是法相，庄严慈爱，令人生敬。

2018 年 4 月 13 日整理

胡云太史无嗣耶
——重印《蒲城文献征录》弁言

　　邑之有志，犹国之有史。文献者，故实也。圣人修撰六经，存明正义，邃古之事，亦赖以传。自夫子以来，藏往者代不乏人。昌明之世，彰于庙堂。马喑之季，藏之名山。其道一也。

　　周太史者，予乡先贤也，当陆沉之时，独怀坚心，志接青云，归里而杜门息交，搜讨蒲城文献，并为订正，为《蒲城文献征录》若干卷，付诸剞劂，备录吾邑道德文采，与历代县志相辉映焉。

　　夫百年以降，国步维艰，故纸飘零，不可胜纪。《蒲城文献征录》亦近湮泯，其中幸存之篇什，非见天怜，实赖人心也。

　　后生无学，至愚不敏，读太史之书已迟，见此宝箓犹晚。比年以来，闻赵可先生以一人之力，奔走购录是书，三十年劬力于斯，俾全书重光。

　　予读是编，知吾邑之丰神，可传诸百代也。深惟赵公耗资巨万，辗转劳神，闻一消息，即千里驰驱；数页黄纸，不惜百般请求。顾赵公者，非唯太史功臣，抑亦功侔鲁壁也。

俗人之传，端在血亲，五世而亲尽。圣人之道广且深，亲传其血，人衍其法，故曰衍圣，未闻衍血也。是以尼父有鲤伋之亲，而颜曾孟董以至于周张程朱，亦其嗣焉。予尝归邑，访求周太史往迹。或曰其无嗣者。今恭诵此籍，想见其为人，知其文章道心，后必有继之者，胡云太史无嗣耶！

书将刊行，赵公属予为序。予不胜惶怖，勉为弁言如右，俾有道之士，匡我不逮。

戊戌夏，蒲城许石林识于深圳

回首故乡

　　尚群定先生的《奉先漫话》一书，是我的案头常备书，跟《四书集注》《史记》等一起，放在触手可及的地方。这是纸上的家乡，每一次心动眼湿的阅读，都不能不让人"变色而作"——故乡蒲城，陈旧的历史画屏上，那些先贤、乡亲，随着页码的翻动，仿佛都活了过来，一个个向你投来温煦慈祥的目光，又仿佛他们就在那里等着你，等着你收拾起被浮生劬劳搅扰得纷乱如麻的心情，庄诚而安静地坐在跟前，听他们讲从前的人和事。每个人都笑吟吟地给你打开一扇后院的门，小径弯曲，荒草萋萋，走进去，蓦然间，乾坤宏阔，那是另外一个蒲城，从前的故乡。

　　大约近百年来，中国人的教育，由于对本国传统文化的信仰动摇与怀疑，因而放松和放弃了对本土历史的教育与承传，教育变成了一件不教本土历史、不亲近本土风俗，眼光专注于向外的事，仿佛所有的努力都是为了让每个人逃离各自的家乡。我将其称为"无土栽培"。这种"无土栽培"式的教育，使从前背井离乡这种人生的悲惨，变得似乎很风光，走得越远越好。中国人崇尚的狐死首丘、代马依风，似将成为无人破译的异代诡谲。所以，现在大部分中国人，尤其是中国的城市人，对自己的故土因为缺少体认而没有感情，凡人口吐大言，高谈阔论宇宙外空，却不识家乡水土草木；议论国内外大事头头是道，至操持家中日用伦常、遇婚冠庆寿祭祀，却手足无措如化外野人；至于为文，多荒诞粗鄙，虽有其心而多不得其径，五伦未明、六经生疏，其口说笔记，屡犯昔贤，误同往奸……总之，一个个惘然无所归却不知道毛病出在哪儿。

毛病首先就出在对本土历史的惘然无所知、无所亲，即没有培育良好的文化根底，先天根本严重缺失。《大学》云："其本乱而末治者，否矣！"

我本人当然也是这种教育的一个结果，我对家乡的认识，除了所经历的事情以外，几乎全部是大学毕业以后，见识了一些所谓外面精彩的世界，越见识却越感到文化先天缺失的窘迫，内心遂有了一种对家乡重新认识与亲近的渴求，这才慢慢地回头，小心翼翼地捡拾。每一次回首故园，都让人惊艳又羞惭，感动又惶惑；每一次回到故乡，闻到家乡的气味，我都能获得如希腊神话中的战士一样贴近母体才能获得的能量和安全感。这就是为什么我读尚群定先生的《奉先漫话》内心反应特别强烈，为什么先生的文字对我的影响特别大的原因。尚先生用文字将蒲城的历史记录在案，在当今人心崇利、斯文凋敝的时代，尤为珍贵。他搜寻爬梳、探求挽救了许多濒临消亡的往史故实，为故国保留国故，诚可谓名山事业，不唯造福我蒲城一县，也不独使现今的人能惊艳于从前的蒲城，它更大的意义还在于将来——我乐观地想象，仓廪丰实之后的蒲城，人们重新回归礼仪，重新尊重文化，崇尚良俗，那么，保留在尚先生文字中蒲城的古老文化基因，于后人复兴礼乐，无疑多有裨益。

文化的断裂与缺失让人痛心疾首——我在北京国子监的元、明、清三代进士题名石碑上，赫然看到"蒲城郭洁"这样的字眼，我孤陋寡闻，也查了很多资料，对这位蒲城籍的前朝进士一无所知。读历代关学人物志，蒲城籍的关学先贤如单元洲先生（明）、王茂麟先生（清）、刘伯容先生（清），姓名行状，其言其文，煌煌在焉，其所赋所著，皆为彼时传诵，道德文章，为关学中坚，而今天的蒲城人有几个知道他们？蒲城从前有数十座牌坊，旌表蒲城忠孝节烈，他们都是谁？有什么行迹功德？没有人能说清楚。而这些，有赖于如尚群定先生这样的有心人、有文化情怀和学养的人，去挖掘和搜寻。

前人云：国所依凭者，人才与风俗。圣贤的治国理想，被稀释转化为纯良的风俗，化育民众。历史经验反复证明"美政不如美俗"（钱穆《晚学盲言》），故曰"治隆于上，俗美于下"，是为理想的治世。蒲城作为关中文渊之一，其人厚朴，其风淳善，即便历经陵夷，原有的文化像别处一样所剩无几，但幸天心一线，聊寄残阳，目前的风俗孑遗，也能让人依稀遵礼，找到汉唐乃至先秦的些许礼乐文化的踪影。倘若能悉心护持并加以增益，应该说是可以部分地恢复到那种葆养一方人心的厚美状态的。然而，近年来，我回乡所见，原来的风俗如文物遭破坏、如水土流失一样，正慢慢地被逐利之心所摧残，即所谓伤风败俗，似有不可挡之势。

自来风俗于人，屡屡有所变异，本不应以为怪，要有心有力者能及时移风易俗，使偏离者归于正，使荒疏者务谨敬；人心奢靡，则导之以俭素；世风浇薄，则崇之以隆厚。所谓移风易俗，自古以来，一有赖于为政者以律令规导、劝勉之；二有赖于有声望的士绅君子以身作则，引导、损益之。

然而，文心衰微，士风稀薄，人的胸襟和眼界变得狭窄，拜物求利，于这些事，皆视为无关紧要的闲事，至于一二循理好古者，或以为迂远拘腐。其所不知者，这正是大事中的大事。自古以来，人间大小事功，无不最终成于乐而化为文，才不至于磨灭于历史的烟云之中。

尚群定先生在这样的环境中，整理国故、记录往实，要在过去，这是令一县学人乃至庶民凡俗欢欣仰慕的事，而今天，他却注定享受不了这样的荣耀。

近年来，陕西各地屡有邀请我作讲座的，我给的大主题是："回首三秦泪不干。"在这个大主题下，谈我对故乡陕西的爱与怕，涉及文化、历史、艺术、人物、风土人情，等等，所有的热爱与忧虑，感动与焦灼，无不让人珠泪暗抛。我读尚先生的文字，蒲城的前尘往事，历历在目，更加有"回首故乡泪不干"之感。

尚先生继《奉先漫话》后，又将自己所亲历的蒲城晚近人与事，忠实地考核记录，探幽发微，编成《重泉絮语》一书，是《奉先漫话》的衔接延续。这本书的作用与意义，如同上面所述，诚可谓名山事业也。

2014 年 4 月 25 日

为什么说故乡是带刺的花？
——有关《故乡是带刺的花》

花与刺

故乡既然是安全的港湾，人为什么舍安全而就危险？难道不知道"危邦不入、乱邦不居"这个常识？其实，正因为故乡有让你不满足的地方，你才追求诗和远方，你才向往外面精彩的世界，到别人的故乡去寻梦。故乡当然是你的退路，是最耐得住让你辜负的地方，你辜负了故乡，故乡也会接纳你，这就是它的温暖，这就是故乡的花。而刺，就是你的不满足。但是，单单这样说，还不够，这样说太实了。作为《故乡是带刺的花》，当然不是这么单纯的实指，更多的是象征。正如艾青的名句："为什么我的眼里常含泪水，因为我对这土地爱得深沉。"这本书最初取名"回首故乡泪不干"，表现了人对无奈失去的美好事物的缅怀、留恋和不甘，后来，觉得这名字容易让太多人误解，就借用了日本俳句家小林一茶的名句："故乡啊，挨着碰着，都是带刺的花。"

怎么理解这本书的书名？一本书不过区区数十篇文字，所涉话题表面看也不是与所有人有关。但文章须说情理，则情理有关任何人任何事。因此，读此书能获得通常的情理，是写作的本意。本书从内容上说：别有用心；从文字上说：危言耸听。有人说该作者的文章读多了，总是让人心生悲凉——只看到有趣，看到传统，看到习俗，看到有道理，却看不到文字下边，作者的悲凉和无奈，是不够的。"故乡是带刺的花"这个书名，就是一个固执、保守、倔强者的悲凉。所谓的刺，就是时代变迁的伤痛和无奈。看到了花，却看不到刺，是不够的——这就说的是韵味了吧？

饮食

家乡的所有食物都让人喜欢。口味就是这样，宋朝皇帝问大臣，天下什么东西最美味，大臣回答："食无定味，适口者珍。"很多美食往往就是偏见。三联书店即将出版一本我写的谈能吃的植物的书《舌尖草木》，这是我写的第三本关于饮食文化的书，前两本是《尚食志》《饮食的隐情》，你可以找来看。写饮食，貌似会吃就会写，其实，会吃本身就不容易，会写就更不容易。

《中庸》云："莫不饮食，鲜能知味。"再说，今天通常所见饮食文字，多数是作者反反复复扭捏拘泥于自己的口腹体验，这有什么意思？所以我说："何止于舌尖？必达乎心尖。"写饮食，其实不是单纯写饮食，我写东西都是"别有用心"。

情结

其他人的故乡情结如果说有跟我不一样的，恐怕无非是与我对传统的情感与认识不一样。我这人保守，但我说自己保守，跟别人眼中或者口中说我保守，是完全不同的保守，词儿一样，内涵和意思完全不一样。他们太简单了，他们以为过去的事物都是不好的，就是说已经死了的、快要死亡的都是不好的。他们认为向前走，用不着向后看。我不是，我是对前面的充满怀疑，对过去的满怀留恋和敬意、缅怀，依依不舍。其实，我都没有什么传统不传统的概念，就是好坏而已，过去的许多事物，很好，尽管它死了或者濒临灭绝，但我不能否认它是好的，我认为是它们不愿意陪后面的人了，抛弃后人了，而不是反过来被人抛弃了；新东西，尽管它风头很劲、来势汹汹，但我不一定认为它是好的。我不是非说过去好不可，那些认为我非神往过去不可的人，是真不了解我，我不在乎他们的偏见和曲解、误解。再说我对传统的保守态度，一点也不辛苦、不勉强、不自卑，也不孤独，我很乐呵、很自然，所以我才希望别人跟我一样乐呵，"己所不欲，勿施于人""自立立人"嘛。我是与生俱来的那种保守，对传统，我用不着刻意去学，自然地就是钱穆先生说的那样：对传统怀有温情与敬意。我无论读书、写作还是生活，都很务实，比如我虽然喜欢文艺，但生活一点儿也不像艺术家那样，也不学他们的范儿，更不羡慕他们。我写的东西，很难用现当代文学的分类去划分、归类。所以，深圳大学南翔教授说我写的是新古文，他的话我理解，不是用文言文，而是指我的文字所承载的情感、意思和味道。我鼓励人去挽留传统中美好的事物，复兴旧礼俗，但一定会先教人学会变通，学会把握尺度，凡事再好，也要因时从宜，不能过犹不及。我喜欢周到务实、情理圆通地为人处事，这就是我和他们的浅躁进取不一样的地方。他们习惯"见善则疑、闻恶则喜"，我不是。我宁愿被善欺骗，也不抱怨、不沮丧，"君子可欺以其方"嘛，被欺骗有什么关系。但是，却万万不能"枉以非其道"。

相关

这本书每一个字都与现实中的故乡直接相关。

我最大的特点就是上面说的务实，"为文须有益于天下"，我崇信这句话，也试图实践这句话。我正是看到与现实有关，才着急、才写。我在异乡的时间已经比在故乡的时间长了，要说影响我对故乡的认知，就是距离让我更加能清晰地知道故乡应该珍惜什么、挽留什么、坚持什么、传承什么。这是故乡的花，而故乡也像别处一样，不该消失的正在消失、该挽留的没挽留住、该传承的传承不了、该坚持的不再坚持，这就是让我痛心又无奈的刺。

回或逃

逃离北上广这种话题我从来都不关注。什么逃离啊？这种词儿……好像他们很重要，北上广非需要他们一样。你能生存就待着，反正到哪儿也是"该做梦的年纪你已经不会做梦"，过早地喝茶盘手串儿很文艺地熬命了，到哪儿都一样。现代人别轻易说什么回故乡，就在他乡待着最好，回故乡是有难度的，有文化要求的，比如你别混得好了，回故乡炫耀财富，以荣华欺人，杀伤乡亲们平静淳朴的心。

有一个现象挺有趣的，那就是每年过年就是一次中国的人口大迁徙，我们拼了命地要回家，可是却在家里待不过几天就会烦。有些时候家在我们心中的分量摇摆不定，尤其是年轻人。

没文化，不知礼。就这么简单。以为过年就应该比平时舒服、懒惰、放纵。根本不知道过年是中国人在约定俗成的文化礼俗中，用所蕴含的为人标准，检点、反省、弥补、融合自己一年匆匆忙忙的疏漏和阙失的。让人在过年过节中，精神身心在仪式的主导下，奋力跳高，触摸一下生命的高标准，让一种文化礼俗的美把自己塑造一下，归置归置、整饬整饬、拾掇拾掇，让自己这几天尽量像个人。所以古人早就说过："吾未见好德如好色者也。"

我们经常听人说，不是我们出了问题，而是这个时代出了问题。那么，这是一个什么样的时代？礼崩乐坏？良风美俗的消失？真的有这么糟糕吗？这真的是一个最好也最坏的时代吗？

"小人之有过也必文"，明明是自己不好、不学好、不愿意好，出了问题，却偏偏怪时代、推卸责任。你自己就是时代的组成部分。当然，你可以说我拿大趋势和大人群没办法，如果这样理解时代，这样说，可以。但却不应该纯粹地把自己择开，单纯指责抱怨一个与自己无关的时代。

文风

我的文字有的很周到平和，但很多人对我的印象说是像鲁迅，会骂人。

写东西，说问题，既要说情理，又要会表达。我的本性是周到平和的，很照顾他人的，我为人处事根本不激烈，也丝毫不狂，我根本就不接受狂，很早就对人人称道的魏晋狂人持谨慎态度。写东西像唱戏一样，有的文字言辞表面看是很激烈的，这犹如唱戏的唱腔，板式该用快板、跺板就要用。再比如你走路，遇到一群野狗，又脏又臭又带病，有三种情况：第一，胆小又洁身自好的人赶紧跑开了，绕道走；第二，有些人标榜普世之爱，赶紧跟狗混在一块儿去了，去实践他们的众生平等之爱；我是第三种人：远远地捡起石头扔过去，并呵斥：滚开！

我写东西，最喜欢写命题作文，平常熟视无睹的事物，人不问我就不会产生要写文字发议论的念头，只要有人一问，我就立即写，也容易有感觉有想法。就像水流平缓，遇到阻碍才会激起浪花一样。我写的东西，深层还是很平和周到的，尤其是用心恳切。我只不过不那么谄媚愚俗，有时候故意呵斥，对智商低的人很不耐烦而已。单纯地看到我的激切的人，那是看我看得还不够多。也可能是这种文字像针一样，容易扎疼人，所以印象深。其实，我写的更多的是非常平和的文字。

　　我的文字有内在的一股劲儿，这个是自身带来的。举个例子：这不是要到清明节了吗？我一直在老家聚集整个家族清明祭祖。每次回去，有个细节，一定要专门给家里的小孩子们买点特殊的小礼物，最好是那种港货、外国货，包装样式口味都比较新奇嘛，而且我不买同样的，故意让孩子攀比，也可以闹矛盾，但最终让他们学会分享。为什么要这么做？婆婆妈妈的。因为这是要跟孩子们建立联系、培养感情，我想起我的长辈们谈论他们小时候跟他们的长辈去上坟，回来一人分一根大麻花，多温暖！举这个例子你可以看出，这么细心周到的人，是不可能为人狂傲激切的。这些话，本来应该是别人说我的才对，但你们都发现不了，一叶障目，一刺扎心，看不到，也感受不到，我只好自己说了。总之，用一句俗词儿概括说：我的温柔你永远不懂。我的平和周到，很多人可能永远不懂，我也不在乎谁懂不懂。

2018 年 4 月 4 日于深圳

孝子可不可以在丧礼上演唱？

"桃花缘——许石林诗友读者群"两个微信群里，都在讨论著名京剧演员蓝天在其祖父丧礼上，为乡亲演唱《智取威虎山》选段的视频。

蓝天是我非常欣赏的青年京剧文武老生，扮相英武，唱得好。今年我萌生了编一出戏的念头，主演必须是文武老生，希望谁来演呢？第一个就想到了蓝天。

关于蓝天那段视频，作为老家在农村的我，一看就全明白了。

群友们在议论——

有的说，孝子在居丧期间，不应该演唱；有的说是酬神娱亲，可以唱；有的说答谢乡党亲朋，可以唱；有的说，蓝天的祖父年龄最少八十岁以上，算是民间所说的"喜丧"，演唱无妨……

想起两个事儿——

一是曾经看过几个丧礼上孝子唱歌的视频，印象最深的是一个孝子在他母亲的丧礼上，演唱《一壶老酒》，那也是农村的环境。这个衣着举止看上去应该是从城市返回乡下老家的孝子，显然忘记了这是丧礼，他很投入地演唱，歌曲的前奏响起，他就走出了舞台步儿，一张口开唱，脚尖就轻薄地踮起，身子随着歌声变换出完美的歌厅范儿。

一是在北方农村，近些年不知怎么就流行起了请艺人在灵堂演唱的新玩意儿——出殡前的迎宾吊祭过程中，一帮艺人在灵堂穿插唱戏，热闹是热闹，但不伦不类，没有了灵堂的肃穆庄严，成了地摊儿戏的主场了。现在的人不爱管闲事，我多次看到这种场景的视频，感觉得找个机会说一说。

针对蓝天在他祖父丧礼上演唱京剧选段的视频在"桃花缘——许石林诗友读者群"两个微信群里的热烈讨论，我发表愚见如下——

一、在丧礼中安排唱戏，请剧团演出，很多地方都有这个习惯。陕西叫"顾事"。此风俗始于何时，不可考。请一台戏，能给丧礼制造气氛，使其显得隆重，所演唱的戏目，也都是仁孝尊亲、悲悼伤痛的戏，有教化作用。其实还有实用功能，因为出殡前一天晚上的吊祭非常隆重，且过程很长，从前的人能老老实实地等，现在的人，能来报个到，就算到位了，至于祭吊之礼，能对付偷懒就对付偷懒，往往貌似来了很多亲戚朋友，到了祭奠时，常常找不到人，执事大声呼唤该谁吊祭了，但找不到人，非常尴尬。因此，请一台戏，聚众，又有气氛，也能让那些等候的人因此等候，边看戏边交流。到了谁该吊祭了，由执事邀请。

二、无论如何，孝子也不能在亲人长辈的丧礼上歌唱。蓝天这样唱，恐怕是情非得已——你是经常上电视的国家一级演员、名人，当地百姓乡亲自然希望能听到你的演唱。众人有这样的要求，当地又有办丧事请戏酬神、答谢吊客、招待亲众的习惯。你就不好推辞，否则很容易被人说是拿架子，产生误解。另外，他自己可能也疏忽了，作为孝子，应该哀毁不能成辞、闻乐不乐、饮食不甘（"哭不偯，礼无容，言不文，服美不安，闻乐不乐，食旨不甘。"），怎么能自己还字正腔圆地演唱？丧礼，孝子就是孝子，除了主孝子有必要和主事的沟通以外，其他孝子都专心当孝子，其他事，有请来的执事们（陕西叫"相奉"）各司其职。连各种文字都不能自己撰写，必须请司笔专门书写，因为你一亲自写，就错了——写得好，证明你哀戚不足，还能写那么工整的文字和书法；你写得不好，就更不用说了。所以，自己不能写。演唱就更不能了。

三、以蓝天的年龄，他的祖父年纪应该过八十，有人说是喜丧。其实，丧事就是丧事，所谓喜丧，是圣人说的"恕道"，这样说，让大家容易接受这个丧的现实而已，这样说，是有一个心照不宣的文化心理默契的，丧事毕竟是丧事，再喜丧，也是丧，不能当喜事办。是事后用来谅解的，不是事前事中就可以将喜的意思掺和进去的。说喜丧，可以谅解丧礼中的许多做法，但不能有意办得不像丧事，不哀痛。

四、大家的讨论都集中在作为蓝天的个人该不该演唱这个问题上。为什么不想想丧事，那么大的事情，难道是一个人的事情吗？难道就没有人帮助他家吗？丧事，一定要请主事、司礼、执事，等等。主事和司礼的，都是当地有名望的人，懂礼俗、说话有分量、服众，除了帮助主家筹划丧礼、安排事务，还要替事主说不方便说的话，沟通不方便沟通的问题。不能让孝子什么事都出面。设想，如果蓝天家请的主事、司礼对众人解释：道理如上所说，孝子不能在此时唱戏，但蓝天记得大家的厚恩，一定会在适当的时候，给大家唱戏。请理解。另外，主事的其实抓住几个人暗示这一个信息：咱们这一方乡亲，也应该懂这个道理，否则让外地来参加丧礼的人笑话咱们这儿风俗不好，没文化。其实，乡亲们是很容易沟通的，大家在情绪激动中，可能疏忽了这个理，有的人肯定知道，但不方便劝说。其实，只要有人一说，人们就很快理解了。

五、看样子，没有人替蓝天抵挡这个盛情，他自己不方便拒绝。加上有人说你既然是给大家唱，也是给你去世的祖父演唱云云，还弄出了词儿"献亲戏"，没有人站出来解释，他就无法不演唱。

六、我在几个微信群也看到这个视频，许多人也都说这是蓝天在表达孝心。蓝天的孝心，丝毫不容怀疑。那些夸奖蓝天演唱是表达孝心的人，显然是内心同样仁善的人，但他们显然是根据自己的内心朴素情感理解并评论此事，而没有用更深远的礼俗尺度来衡量这件事。他们没有弄懂"忠"，就直接进入"恕"，所以，其"恕"也，正所谓滥"恕"，无意中，近乎乡愿了。

众人忘记了礼俗、不懂得礼仪常识，凡事出于一己之心，衡量事物，没有不偏失的。

这是多么可怕！礼崩乐坏，风俗颓毁，已经到了人连基本常识都忘记了。更不知道，丧祭之礼请的戏，是礼的衍生部分，而不是娱乐——不是娱乐！不是娱乐！不是娱乐！现在太多人搞不清楚这个了。

我对群友们说：大家要读书修身、积极入世、经济事务、参与生活，争取在自己所在的环境人群中，说话有分量，能够在必要时，匡正风俗，裁汰冗繁，纠正失误。

讨论中，有朋友说：然而，"庄子鼓盆歌"能不能在此为蓝天解一下围呢？

——这显然是好心人才能产生的念头。

答：这个非常典故，只能用来狡辩。毕竟，不是历史和现实的主流。况且空幻寂灭之说，于世道无益。只有个人到了一定状态，才可以服这味药。当今现实中谁敢做如此举动？在某纪录片中看到，非洲还有吃死者心肉的呢，认为那样才能让死者获得永生。

最后，再一次表达对蓝天的尊重。理解他。

2019 年 3 月 3 日

跋

城市有病，故乡有药

写完《孝子可不可以在丧礼上演唱？》一文，不出所料地迎来了一些人的不同意见——

有的说：庄子的妻子死了，他还鼓盆而歌呢？

有的说：阮籍的母亲去世，他还放饭纵酒呢！

有的说：父母在世，能孝敬就足够了，至于丧礼简易，不要怕别人笑话议论。

……如此这些貌似豁达通脱的潇洒，就那么轻易地从一些人的嘴里喷了出来。

我想问：你们真是这样想的吗？你们若真是这样想的，此等说辞，固然非凡卓异，但你们配这样想吗？什么叫配？就是你会真的这样做吗？

也就是说，你这样轻易地搬出庄子、阮籍，你以为你的资质、天分，你的一切跟他们接近吗？

就像有人不刻苦读书而企望走捷径悟道，动辄举例六祖慧能也不识字云云。请问，你是六祖吗？你有他的天分、资质、机缘和造化吗?

学不为己,专为矜炫高明,轻易发言,是自古以来人之通病,于今日之人,此病尤为深重。尤其自互联网普及始,发言的渠道便捷,人人有了发言的机会,但人的问题越来越严重,多不考虑自己是否有发言的能力,专于吸引眼球而不管是否走心,越是见解愚蠢卑下者,越是固执己见,其心坚顽不可通融。可以说,自互联网兴起以来,当今世界,升级版的少正卯比比皆是,显而易见的丑谬之言,倒不可怕,许多貌似聪明通脱的漂亮话,最断人善慧之根。

概人做事发言,非止了于己,更当思会影响他人。世间有至德臻美之行者,言语行为,尤当以恒常平易示人以近,而非自矜高妙,傲视常人,又罔顾风习,妄言看破,以空幻寂灭之说,无根浮游,阻人向善。

旅日学者楚兄在微信中说:那我问一个问题,假如您在那个孝子演唱的丧礼现场,您会做什么?

我说:要看我和这个孝子的交情,如果能说得上话,在他演唱之前,我会向他本人和主事者说明情况,劝阻他不要演唱;同时尽量向周围乡亲解释。我相信人都是会听道理的,在那种情景下,其实人们最容易听道理,孔子就是利用丧祭之事,设教化民的。因为人在这种情境氛围中，最心善，最能体谅他人；最谦下，最容易听别人的良言。如果劝阻不成，或他已经不得不演唱了，我会避而不听。但是，决不会当众让他难堪。事后，还会替他圆场，解释。

楚兄：哎呀！真是，许哥你这做法就是孔子的做法。《礼记·檀弓下》，孔子的朋友原壤的母亲去世了，孔子去帮原壤家办丧事，结果原壤自己敲着母亲的棺木唱起歌来："狸首之斑然，执女手之卷然。"孔子气得当场就离开了，但没有当场谴责原壤，而在事后专门去批评原壤，还用手杖打原壤的小腿，骂他。

我说：这不是我一个人的想法，这就是我老家人的普遍想法。这种事儿，在我老家人那里，我相信一定会是这种处理方法。可见圣人之道，不远人；也可见我的老家人对问题的看法和处理，发乎自然人情，顺乎风习，暗合圣人之道。

的确，我老家的人就是这种风格。那些读书不多，成天为衣食而辛苦劳作奔波的乡亲们，身上自然携带着浑然天成的"忠恕之道"。他们身上这种与生俱来似的禀赋和品质，许多人认识不到，发现不了，不能领会，自然就看不上。也有许多人，本来在老家具备这种禀赋和品质，结果在后天的所谓学习中，恰恰磨损掉了这些。

我现在虽然生活在所谓一线相对发达的大城市，但是，由于我有这样的故乡和这样的故乡人，我常常会不乏矜傲而冷静地看着城市各色人等的时尚表演，看着城市人的言辞和行为。尤其在城市人的种种纠结、困惑时，我的内心油然而生一句话：相比，其实有时乡下人更有文化。

我感到许多城市人的病或者许多人的城市病，在乡下，其实是有药的，但他们可能看不上。原因是他们要求得太非常。因此，城市人的病，似乎可统称为："非常病"。城市这种"非常病"，有一个症状，那就是：凉薄。许多人读了书，貌似聪明了、潇洒了，但凉薄了。

我所说的文化，就是那种已经化为乡亲们与生俱来的思想和行为的"忠恕之道"：他们不尚奇诡，持恒守常；不喜险怪，安分居易。

现在人常说向生活学习，但很少有人能发现生活中那些故乡手掌粗糙、面色憔悴的乡亲们身上具有的那种天赋与品质。前人有云："俗尚险怪，世务径省"，乐"述剖腹易心之异"，喜"道听途说而知"。可见人心非分，自古而然。

编完这本有关故乡的文字，我没有感觉自己说得多了，而是感觉需要说的越来越多，我写得太少了。

2019 年 3 月 5 日